俳句と電報と

古川洽次

かまくら春秋社

目次

装丁／中村　聡

まえがき

黒田杏子

この本の著者古川洽次さんは、私の友人の中で、もっとも好奇心の強い人です。ビジネスマンとして未だに多忙な方ですが、毎週二〜三冊の本を読破する。早寝早起きで、日の出前にPCを立ち上げ、先ず報道各社の電子版に目を通してから、メールボックスを丹念にチェック。殆ど毎日、手紙やハガキを書き、ウォーキングがてら投函して、近隣公園でのラジオ体操に参加。ガンで胃を摘出後、七回も腸閉塞で入院したので、少量の朝食をゆっくり摂ってから出社または執筆活動。さらにこの人の料理センス・腕前は抜群で、とりわけ包丁捌きが得意。最近では、太刀魚やカワハギなど海釣りに凝った娘さんの釣果を楽しんでいます。その人がこのたびは日本文化のひとつである電報と俳句について上梓されました。

実は古川さんはすぐれた俳人でもあるのです。世界に誇るべき日本の国民文芸、世界最短の詩である俳句ＨＡＩＫＵについて深い見識の持主。そのリポートを日本のお若い方々に伝えたいと発心。まとめられた類の無いこの本について感想をもとめられましたこの機会に、私は、俳句の楽しさ、面白さを俳句作者としてお話ししてみたいと考えました。
ともかく、古典から現代まで、そして只今、小学生（中学・高校生の句なし）の俳句を具体的にご紹介致しますので、見て頂きたく思います。

まず、松尾芭蕉の句です。

荒海や佐渡によこたふ天河《あまのがわ》

このように日本人ならみんなが知っている名句名作のほかに、彼はこんな句も詠んでいます。

あさがほに我は食《めし》くふおとこ哉《かな》

この句は弟子のダンディな其角《きかく》という人に向って、「君ね、私はあなたと違って、早寝早起きなんだよ。朝顔に対しながら静かに飯を食う無骨な男なんだよ」と。いいでしょう。
また、一茶という人の句も見て下さい。小林一茶は芭蕉以上に国際的に親しまれています。
とくにドイツでは人気。ＩＳＳＡとして。

初夢に古郷《ふるさと》を見て涙哉

信州信濃の景色が初夢に出てきたのです。

ところで、芭蕉や一茶の句は調べればいくらでも十分に知ることが出来ます。一行十七音字の世界はとても広やかで深いのです。

花の影寝《ね》まじ未来が恐ろしき

この句、いつの時代の句と思われますか。小林一茶の句なのです。未来という言葉が使われていることにびっくりします。現在を生きる私達と全く同じ感覚、その新鮮なセンスに共感します。

そして、つぎに現代の小学生の句をご紹介します。秋田県の小学生今井海里さん（当時六歳）の作品です。

からすの目ぼくをうつしてとんでった

（作者の説明）「電線に止まっていたカラスを見ていたら、急に飛んでいったのでおどろきました。それを句にしました」と。

たんぽぽがおそれ知らずに旅に出る

こちらは熊本市の小学生（当時十一歳）の句で、（作者の説明）「たんぽぽが、自分の子孫を残すために綿毛で種を飛ばすことを知りました。風に身をまかせて飛んでゆくなんて、とても怖くて不安だと思うし、仲間をふやすために、見知らぬ地に飛んでいくのが旅のようだと思い、この句を作りました」。

このお二人の句は私が選者に加わっています「伊藤園おーいお茶新俳句大賞」の小学生の部の大賞作品。どちらもステキな俳句だと思い、私はこの二句をくちずさむと、俳句が作りたくなります。大好きな句です。

俳句は誰でも作れます。どうぞ今日からみなさんも、俳句を作ってみて下さい。いまこの地球上の各国で、それぞれの母国語で日々ＨＡＩＫＵが詠まれています。たった一行十七音字の世界最短の詩型が、つぎつぎと生まれてメールその他で飛び交っている時代です。

俳句・ＨＡＩＫＵは皆さんのご参加を待っています。

古川さんの書き下ろされた原稿を拝見して、句友としての感想と希望を書き記しました。

刊行に寄せて

電報文学を深める

俳人　夏井いつき

俳句も電報もどちらも短文です。伝達と表現でこれだけ違いが見えるのは面白いことです。学校の国語では正確に伝達して読み取るのが説明文、表現として膨らませて言葉を楽しむのが小説や詩歌だと教えていました。子どもたちには両方の知識を育てていかなければなりません。「電報文学」をもっと深めたら面白いと思います。

俳句と電報

国語学者　山口仲美

俳句と電報、どちらも肝心なことを短くまとめなくてはならない。短くまとめると、どういうわけか五音と七音の組み合わせになってまたまた共通点が出る。「今までの努力が実る！おめでとう！」これは、合格祝いの電報。五・七・五になっていますね。日本語は、圧縮すると、五音と七音の組み合わせになりやすい。三音からなる言葉が一番多く、次いで二音と四音の言葉が多いので、組み合わせて圧縮すると、五音と七音のリズムを作りやすいのです。

俳句の可能性

元文化庁長官　近藤誠一

世界の外交官の中に俳句をたしなむ人は少なくありません。私はフランスに二度・六年勤務しました。「パリ」を作るのはフランス人たちではなく、むしろ世界から集まった若者が主役です。そこにパリの力があります。文化芸術では人類はこだわりなく融合できるのかもしれません。俳句はその可能性を秘めています。

Haikuの国際性

英文学者　池田雅之

俳句は今や日本だけの文芸形式ではありません。アメリカでは、句作が学校の作文教育にも採り入れられ、子どもたちは自分の思いや情感をコンパクトな三行詩にしています。アメリカだけでなく世界中に自国語で俳句を詠む詩人がおります。彼らは自分たちをpoetと呼ばず、haikistと自称しています。

俳句はHaikuとして国際性をもつ文芸ジャンルになっているのです。古川さんの『俳句と電報と』が、英訳され、世界のhaikistの仲間入りを果たしたことを祝いたい。

俳句と電報と

電報で俳句を送った高浜虚子 ― 事のはじまり ―

それは一本の電話からはじまった。六月に各種会合が多いのは例年のことで、酒席の機会もまた多い。前の晩、少し過ぎたせいか、何となく冴えない気分でパソコンのメールをチェックしていると、携帯が鳴る。登録がない、誰だろう？　指を滑らせると、

「うながみ、です」

と、ゆっくりとした妙に明るい声が聞こえてくる。いっぺんに気分が晴れるような独特の調子は、誰あろう現代美術評論家の海上雅臣さんだ。

「ご無沙汰しています、よく私の携帯が分かりましたね」

「うん、黒田（杏子《ももこ》）さんに聞いた」

道理で、と思いながら聞いていると、電報に就いて尋ねたいことがあるという。用向きを概略すれば次の通りになる。

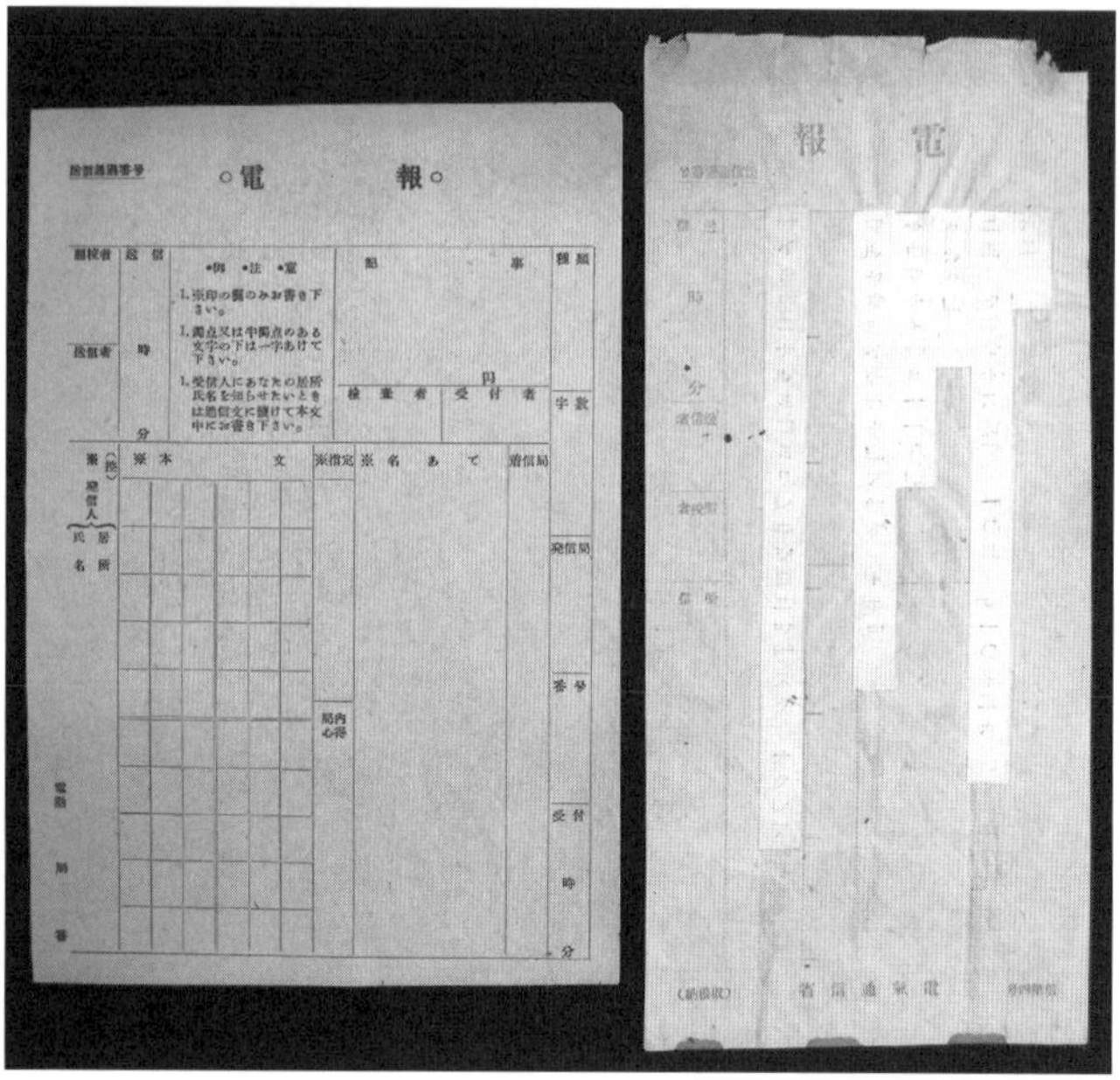

昭和26年頃の電報頼信紙（左）と昭和24年頃の電報送達紙（郵政博物館蔵）

俳人の原石鼎《はらせきてい》は、昭和二十六年（一九五一）十二月二十日、六十五歳で亡くなった。その際、かつて師事した高浜虚子が、「いつまでも吉野の花の君をゑがく」という弔句を、電報で送っている。

ついては、当時、虚子が電報を依頼した郵便局か、受信した局の何処かに控えのようなものが残っていないだろうか、というのである。私は、ゆうちょ銀行など郵政三社の在任期間は通算七年に過ぎないが、日本郵政グループOBである。咄嗟に、「当時は確か逓信省でしたが、その後、組織が変わって電電公社になり、更に民営化されてNTTになりました。組織や取扱規定などもすっかり変わったので、受発信局の控えなどは処分され残っていないと思いますよ」

「そうだろうな、でも、当時の電報の受発信の様子を伝えるような原票か何か残っていないだろうか?」

「分かりました。郵政博物館というのがあるので問い合わせてみましょう」

早速、元の職場のスタッフだった藤江純子さんにひと働きして貰った結果、関係部署から次のような連絡を得た。


ご照会をいただきました、昭和二十六年当時の電報について、通信文化協会から状況が届きましたのでお知らせいたします。行徳郵便局の中にある郵政博物館の資料センターに、当時の資料がいろいろと保存されているようです。

【通信文化協会からの回答】
① 電報の流れとしては以下のようなもの。
ア 送信者が郵便局に出向く
イ 郵便局の窓口等で、電文を頼信紙《らいしんし》に手書きする。そして郵便局職員に手交する。

ウ　頼信紙を受け付けた郵便局員は、電信機または電話により、相手局に電文を伝える。
エ　相手局では、受信した電文内容を送達紙に記載し、受取人に配達する。（当時の送達紙の写真は別添参照）

② 電報事業を担当していた逓信省は、昭和二十七年（一九五二）に郵政省と電気通信省に分離された後に電電公社、更に民営化されＮＴＴになりました。当時の資料は郵政博物館資料センターにあります。①―イの頼信紙の現物も、同センターにあります。

③ また、①―イの「受け付け風景の写真」、①―ウの「郵便局での送信風景」「電信機」などの写真については、郵政博物館のデータベースにあります。ホームページでも入手できるようですが、私の方で適当なものをひとまずお送りいたします。

④ ②の郵政博物館資料センターは、予約いただければ行って資料を見ることができます。ご案内もいたします。見学される場合には、手配いたします。

今の若い年代にはなかなか分かって貰えないだろうが、固定電話の架設を申し込んでも順番待ちで、順番が来ても電信電話債券を買わなくてはならない時代があった。携帯やパソコンなどは影も形もなかった頃で、ほんの五十年ほど前のことである。

14
高木藥局 電話四六一番 小町四二七番地
鎌倉 タ・チ・ツ
會社員
魚商
魚商
魚商
米穀商
魚商
高島幸吉 書家
高濱清 著述業
コークス業
會社々長
公務員
高 電話鎌
玉井俊輔
玉崎坦
玉置敬三
玉置與司
俵信次
丹野孝
ちもとや 細内
千々和載吉
千葉吉藏
千代田銀行鎌
千代田建設鎌

昭和26年当時の鎌倉の電話帳より（郵政博物館蔵）

いきおい、動静や安否確認から旅行や訪問の連絡、果ては金の無心などなど、急を要することは全て電報に依る他はなかった年代にとって、前述の「電報の流れ」は、すぐに思い出す懐かしい風景である。

当時の状況はほゞ分かったが、何せ六十五年余も前のことである。目的の電報の情報には辿り着けなかった。しかし他ならぬ海上さんからの依頼である。博物館の関係者から直接話を聞き、自分の目で確かめようと思った。

会議会合の季節が明けた七月十四日、藤江さんに手配して貰い、行徳郵便局舎の中にある郵政博物館資料センターを訪ねた。資料センターでは、既にメールに添付してあった資料も含めて見せて貰うなど、若い学芸員二人による丁寧な応対を受けた。

頼信紙や送達紙（いわゆる電報）などは、当時の紙質の低さも然ることながら、経年劣化が進んでいるため、コピーを取るのは諦めて写真に収める。

電話でも電報を受け付けたという話から、当時の電話帳に話が及び、昭和二十六年版（発行は昭和二十七年）の『神奈川縣　電話番号簿』を見せて貰った。

高浜虚子は確か鎌倉在住だったなと思いながら、頁を繰り、十四頁の「鎌倉タ・チ・ツ」まで来ると、十行目に「高濱清・著述業」とあるではないか。ひょっとしたら、この電話番号から、虚子は石鼎宛の弔電を頼んだのではないかと、暫く電話帳に見入った。

電話帳の前の部分には「和文電報通話表」という頁がある。然すれば当時、電話で電報を依頼するとき、発信依頼者はこれに依ったことも考えられる。そこで、例の句を「和文電報通話表」に従って表記してみた。次のようになる。

イ　イロハのイ
ツ　鶴亀のツ
マ　燐寸《まっち》のマ

電報で俳句を送った高浜虚子 — 事のはじまり —

デ　手紙のテ、濁点
モ　紅葉のモ
ヨ　吉野のヨ
シ　新聞のシ
ノ　野原のノ
ノ　野原のノ
ハ　葉書のハ
ナ　名古屋のナ
ノ　野原のノ
キ　切手のキ
ミ　蜜柑のミ
ヲ　尾張のヲ
ヱ　鈎《かぎ》のあるヱ
ガ　為替のカ、濁点
ク　車のク

あくまでも想像の世界だが、虚子が電話口で立ったまま、通話表に従って自分の句を声に出していたと思うと微笑ましくなる。

「和文電報通話表」による言い方は、地域によって多少異なったそうだ。今ではあまり使わなくなった燐寸の「マ」や、尾張の「ヲ」・「鈎のあるヱ」は時代を感じさせる。

余談だが、昭和二十四年版の電話帳で、高濱清のすぐ上の行は「高畠《たかばたけ》幸吉・畫家《しょか》」となっている。大正時代、独特の雰囲気を持つ美少年や美少女、美人画を描いて、少女雑誌などで一世を風靡した高畠華宵《かしょう》のことである。

寄せられた思い出㈠ ―電報と俳句―

「古川さん、お元気ですね。うらやましいなあ。この前、古川さんが書いた俳句電報の記事を読みました。（中略）私はあなたの文を読みながら、自分の中にあった宝物を探し当てて喜んでいます。甲南高校（鹿児島市）に通っていた頃、よく与論から電報が来ました。それを持って港に急ぎ、一生懸命、船に乗っている人の中から目的の顔を探していました。与論からは船で二日がかりでした。いい時代の風景を思い出させて貰いました。」

月刊『かまくら春秋』に寄稿した「俳句電報」の記事を見て、感想を寄せてくれた高校の同級生・川畑隆駿君のハガキからである。

川畑君は、昭和二十九年、日本列島の最南端（当時、沖縄は未だ米国の統治下）だった与論島から、輿望《よぼう》[1]を担って鹿児島市に遊学。大学では医学部に進んで医師になり、鹿児島や静岡などで地域医療に携わってきた。

俳句電報の記事というのは次のようなことである。

高浜虚子は、かつての弟子であった原石鼎の訃報に接して、「いつまでも吉野の花の君をゑがく」という追悼の句を送っている。このことは、後に養嗣子《ようしし》の原裕が、その編著、『原石鼎句集／吉野の花』（ふらんす堂）の解説で「…石鼎逝去に当たって虚子先生より頂戴した弔句」と記している、その追悼句を虚子は電報で送ったということについて、現代美術評論家の海上雅臣さんから、「電報を受発信した郵便局にその痕跡のようなものがないか調べて欲しい」と頼まれて、郵政博物館まで出向いて調べた私の言わば覚書なのである。たまさか鎌倉は虚子ゆかりの地であることから、『かまくら春秋』に埋め草として掲載され、日の目をみた。

情報伝達手段としての電報の使命と役割はとうの昔に果たし終えている。いまはＰＣやスマホの時代なので、読んで貰えるかどうか危惧していた。だが、案に違えて、読者から、メールやハガキ、手紙などが五十通を超えて舞い込んだ。

内容としては、「朝日のア」で始まる電話での通話方法に関連する思い出が一番多く、「和文電報通話表」による表現の仕方が、当時、如何に人口に膾炙《かいしゃ》[2]していたかが窺える。他はさまざまだが、ダメかと思った大学の合格通知電報など、他に手段がなかった時代の仕事や生活に纏わる思い出や、虚子や石鼎の俳句に繋がることなどなどである。

記者、編集者として活躍した、川畑君と同じ同級生の永山義高君からは、

「(前略) 台湾引き揚げの私たち一家は、叔父が局長をしていた郵便局の二階に転がり込み、私は小学二年から三年にかけて、階下から叔父や局員が『電報』を電話で本局に送る声を聞いていました。『雀のス』、『新聞のシ』、『上野のウ』……と大声で調子よく読み上げる口調をよく真似ていたものです。新聞記者の駆け出し時代に、原稿の電話での送受が先輩たちより上手かったのは、この郵便局経験のお蔭だと思っています。でも叔父たちの大声は当然、外に漏れていたわけで、プライバシー問題は起こらなかったのかどうか、今になって心配しています。和文電報通話表も半分は忘れていましたし、鉤のあるヱ、などは初見で、なるほどと感心しました」

と、夫々の時代を彷彿とさせるメールがきた。

いち早く読後感をメールで寄せてくれたのは、ゆうちょ銀行時代に秘書の仕事をして貰った高木玲子さんからだった。

「和文電報通話表を見て、以前、航空会社で勤務を始めた頃、エーブルA、ベーカーB、

チャーリーC……と呪文のように練習したことを思い出しました。懐かしいです。いまでもメールアドレスやアルファベットを伝えるときに、ついこの法則で話すと『え?』と一般の人からは言われます」

連絡や確認を通話でする際に使う言葉は、会社や職場によって異なったようで、世界を相手の航空会社であればさもありなんと納得。

バンカーだった前田捷二郎さんからは、

「(前略) 外国為替で急を要する取引内容を相手方に伝える方法として、英文をスペルアウトすることがありました。(中略) 例えば、Winterは、WashingtonのW, ItalyのI, NipponのN, TokyoのT, EnglandのE, RomeのRと言った具合で (後略)」

と、往時を懐かしむ手紙を貰った。

そして遠く薩摩川内市の会社社長・荒木貞夫さんからは、

「(前略) 子供のころの記憶をたどれば、電電公社に繋がる受話器を取ると、〝何番?〟と言う女性の声が聞こえる。〝電報をお願いします〟と告げると、〝代わります〟という返事があり、別な声で住所氏名云々《うんぬん》を聞かれ、それから電文を読んだものです。昔の料金は確か度数制で、少しでも短く分かり易くしたため、〝マルスオクレ〟(金をすぐ送れ、著者注) などと言う電文

和文通話表

電話により電報を頼信される場合等に下記の表現法を用いるとまぎれ易い文字もハツキリとし最も確実な通信ができます。

取扱局においては従来よりこの表により電話通信を行つております、皆様方も是非御利用下さい。

文字											数字		記号
ア	カ	サ	タ	ナ	ハ	マ	ヤ	ラ	ワ	ン	一	六	ー
朝《アサ》日《ヒ》のア	為《カワ》替《セ》のカ	桜《サクラ》のサ	煙草《タバコ》のタ	名古屋《ナゴヤ》のナ	葉書《ハガキ》のハ	燐寸《マッチ》のマ	大和《ヤマト》のヤ	ラヂオのラ	蕨《ワラビ》のワ	お終《シマイ》のン	数字のヒト	数字のロク	長音
イ	キ	シ	チ	ニ	ヒ	ミ		リ	ヰ	゛	二	七	、
イロハのイ	切手《キッテ》のキ	新聞《シンブン》のシ	千鳥《チドリ》のチ	日本《ニホン》のニ	飛行機《ヒコウキ》のヒ	蜜柑《ミカン》のミ		林檎《リンゴ》のリ	井戸《イド》のヰ	濁点	数字の二	数字のナナ	区切点
ウ	ク	ス	ツ	ヌ	フ	ム	ユ	ル		゜	三	八	⌐
上野《ウエノ》のウ	車《クルマ》のク	雀《スズメ》のス	鶴亀《ツルカメ》のツ	沼津《ヌマヅ》のヌ	富士山《フジサン》のフ	無線《ムセン》のム	弓矢《ユミヤ》のユ	留守居《ルスイ》のル		半濁点	数字のサン	数字のハチ	段落
エ	ケ	セ	テ	ネ	ヘ	メ		レ	ヱ		四	九	（
英語《エイゴ》のエ	景色《ケシキ》のケ	世界《セカイ》のセ	手紙《テガミ》のテ	鼠《ネズミ》のネ	平和《ヘイワ》のヘ	明治《メイジ》のメ		蓮華《レンゲ》のレ	鈎《カギ》のヱ		数字のヨン	数字のキュウ	下向括弧
オ	コ	ソ	ト	ノ	ホ	モ	ヨ	ロ	ヲ		五	〇	）
才《サイ》のオ	子供《コドモ》のコ	算盤《ソロバン》のソ	富山《トヤマ》のト	野原《ノハラ》のノ	保険《ホケン》のホ	紅葉《モミヂ》のモ	吉野《ヨシノ》のヨ	羅馬《ローマ》のロ	尾張《ヲワリ》のヲ		数字のゴ	数字のマル	上向括弧

（註）電報の送信順序

一、名あて（居所、氏名）

二、指定事項（至急、照校等特に指定したい事項）

三、本文（電文内容）

電話料金表

) 普通加入電話の料金

名義変更料……………………｝300円
加入料（新規のもの）……………｝

新規架設料……………………｝1,500円
復旧架設料……………………｝
所属変更料……………………｝
構外移転料……………………｝

構内移転料……………………｝700円
一時撤去料……………………｝

) 電話番号簿特殊掲載の料金

重複掲載料（一掲載毎に）……｝240円
他人名義掲載料｛人名別欄（〃）……｝
｛職業別欄（〃）……｝

) 臨時電話の料金

装置料……………………1,200円
使用料……（一日）………………200円
市内度数料……（一回）……………2円

移転料は普通加入電話の場合と同じです。

◎電話使用料

(イ)本電話機一ケ月の使用料

種別	単独加入		共同加入	
級別＼区別	事務用	住宅用	事務用	住宅用
三級局	960円	580円	700円	420円
四級局	840円	500円	600円	360円
五級局	720円	440円	520円	300円
六級局	600円	360円	440円	260円
七級局	500円	300円	360円	220円

公衆電話料……（一回）……………………2円

(ロ) 増設機械の使用料（附加使用料一ケ月）

電話機		受話器		電鈴	
事務用	住宅用	事務用	住宅用	事務用	住宅用
160円	96円	60円	36円	60円	36円

和文通話表。地方電話番号簿神奈川県昭和26年版より（郵政博物館蔵）

があったような気がします。そして相手側（公社）から、マッチのマ……などと確認の読み返しがありました。電話そのものも、川内から東京へ掛けるのに数時間待たされるのが普通だった時代です。それでも急ぐ時は、急報とか特急というのがありました。中継局が、他の人の申し込みを飛び越すやり方だったと思いますが、その分、料金も大変高かったと記憶しています。過去と現在で、最も大きな発展を遂げたのは交通と通信だと思います（後略）」

と、往時を活写し、今回のことがらを総括するように丁寧な書簡が送られてきた。

最も驚いた一通は、日本郵便時代の同僚だった濃添隆君からの手紙だった。彼は今回の調査に協力をして貰った一人だが、

「（前略）お話しのありましたことの背景などが、この記事でよく判りました。私は現在、通信文化協会で会報『通信文化』の編集に携わっております。同誌は旧名を『逓信協会雑誌』といい、一九〇八年の創刊です。この会報では俳句のコーナーも設けられておりますが、手元にありました昔の会報を見ましたところ、昭和二十六年頃の俳句コーナーでは、選者は高浜虚子となっています（後略）」

という文を添えて、今から六十六年前、昭和二十六年（一九五一）九月五日付で発行された同雑誌の、ズバリ俳句欄のコピーが送られてきたのである。

しい戦績を残したこの事実を知る人は極めて少ないので特に書き記しておきたい。オリンピックで日章旗を揚げた最初の選手である。内藤選手は当時米国のペンシルバニア大学に在籍中であつて同校のレスリング部主将であつたのを当時の駐米大使埴原正直氏が推せんして出場したものである。庭球は前回の輝かしい戦績に比して劣り何れも準決勝まで至らずに敗退している。要するに私はここで筆を擱くがここら辺りまでが日本のオリンピック参加の苦難続きの足跡と云えるであろう。

このあとは第九回のアムステルダム、第十回のロスアンゼルス、第十一回のベルリンと云うことになるが、この辺りになればその戦績を知る人も相当多くなり華やかになつて来る。然し私は華やかな時代の裏を思い出すままに探つて見た。

（日本放送協会会員）

俳句 高浜虚子選

東京 富安風生
野渓蓀の紫濃ゆき懐古かな
東京 大橋越央子
もりもりと鉄湧き出でし朴の花
東京 景山筍吉
若き日の父にもありし巴里祭
但馬 鈴本朱竹
蠅飛んでいる貧しさに馴れてをり
今治 今岡露王
河鹿きく行商の荷を岩に置き
撫 安達潮生
泳ぎ子の濡らせし歩板船に用
福岡 相川紫芥子
羅や女ざかりで縁がざる
浜田 藤田素秋
春の雨鈴蘭燈の街に降る
坂元 島田紅帆
さわやかに一下役に甘んじて
高山 長谷西酉
門口に浴るゝ暖井松石
五島 佐々野元郎
[illegible]

短歌 木俣修選

東京関保 鈴木たけ子
縁きし家に主婦の位置持ちわが姉のもの馴れて鍋釜の卓を囲めり
新しき保管警函も眼になれて今日はその位置を静かに保つ
千葉青堀 小泉豊一
みなし児の如き感じを抱かせる少年が今日も窓口に来ぬ
海苔問屋に雇はれている少年に短歌をすすむる企を持つ
愛媛中海 西谷照明
この日頃香をとらうる悔ありて日に幾度かとなうコギト・スルゴ・スウム
岐阜一色 長畠清子
偏側の城出でぬ言葉にいらだてど心弱さの又つのり来る
熊本西合志 野口典子
臨終の為心たしかにいましたる父は生命をいきたかりけむ
高橋 弘
選挙相談の診察をつぐるメガホンの声が委生を超えてきとゆる
仙台貯金 伊東幸男
選挙権をようやく得たる齢にて支持政党なしとをとめは書けり
岡山手荘 川上晶雄
寒霞渓の山の頂にパンを食いサイダーを飲みぬ旅の盛りに
福岡館保 山尾悠光
正午のベルの余韻の中におのがじし寂かに弁当の蓋あけはじむ
長崎電報 杉 健作
にじみ出る額の汗をふきてをり歌の批評も難かしきかも
戸畑 大曲敏子
病癒えしよろこびもただ三月にて梅雨明けの頃をまた臥さんとす
伏見 前島潮生
眞晝間の丘の上なる住宅地のひそやかにして鳥が声きこゆ
千葉 菱木清
雨あとのすがしき風にゆさゆさと青きぶどうの房のゆるゝ音
宮崎沖門 奥高政夫
熱帯性低気圧いま海上より襲い来るといふ夕作も抜き取す
新潟野田 かつら、まり
湯の街の小さい社に少女らは子を守りながらてんまりをつく
横浜中 斎藤晴灯
机寄せ鉄帳つりまはし一列に親子三人がい並にけるかも
長野戸 八十
機械的に無配すれど痛み火ぐわれが老い歯の堪えがたきかも
東北電通 佐藤進二
夢さめて郭公の啼くを聴き居れば寮舎の窓のようやく白む
館林 大谷志洋
喚声に湧くスタンドを想いつゝ夜間野球の放送を聞く
新津 鎌田智子
囲いたる女の話を君はすれど心静かに君を信じむ
米沢 本間和義
五月雨にぬるゝ藻岩の山はだの緑あたらしく朝霧のぼる
所沢 藤川 豊
心より交はりし人も少なくてわれがよはいの三十路に入りぬ

川柳 川上三太郎選

香川荻原 合田理平
豪華な構え番留待たされる
貴金授受父子と思えぬ印を捺し
甲府貯金 山本光三
夜勤から帰れば子は縁そばは伸び
福岡貯金 藤野利治
決勝え無事に通ったわが文書
横浜中 斎藤晴灯
ごくろうさまポストに誰か感謝の字
仙台貯金 伊東幸男
改姓をうれしくはずかしく呼ばれ
西舞鶴 河崎深志
使の子貯金のビラも添えてやり
富山滑沢 飯原啓二
笑う顔監察官と思われず
長野監察 小林梅治
農繁期電報野菜を探してる
東淀川 木村水堂
すねているように飛び地に家が建ち
兵庫白浜 照島珠角
[illegible]音をもてあましてる親信紙
足立旭町 杉浦紫暁
いろはのい初送信のふるえ声
西成 土井一二
農業期黒い顔して主事に詫び
赤好 島崎ひろし
臨月のやうな勢へ御苦労さん
埼玉行田 池畑正夫
事務机課長とならび気がつかれ
東舞鶴 津田光一
窓口がもてあましてる使の子
栃木南摩 田沢美芳
一尾の金魚局中涼しがり
兵庫室津 太田秀男
うすはげが気にかゝりだす庶務机
大阪大正 稲井昭一
宿直に祭の太鼓気にかゝり
福岡八幡 浜田尚華
新妻の電話え少し眉を張り
東北電通 佐藤進二
壁障子子の育ちゆく姿を見
茨城川島 海野英夫
休憩室とは藤口を言うところ
福島会戸 金津恒雄
速達が水田に届く農繁期
丸亀 植村白之介
ゆうびんの呼称につゞくよい返事
東淀川 奥村文栄
片カナわ電報だけで生きてをり
兵庫室津 佐藤正敏
貯金戦日頃の奨励ものを言い

（評）自分の職場や仕事からの題材は、いつもいきいきしています。本当の事、体験している事、すべてが眞実だからです。眞実をすなをな心で、気取ったりしやれたりしない十七字にして下さい、ではまた来月——（三太郎）——

昭和廿六年九月五日発行
編輯兼発行人 村上景介
東京都港区麻布飯倉町六ノ十三郵政省内
発行所 財団法人 通信協会
電話赤坂一五六七番 振替口座東京四一一番
印刷人 柳川太郎
東京都台東区二長町一番地
印刷所 凸版印刷株式会社
（定価二〇円）

昭和26年9月5日付、通信文化協会の会報「逓信協会雑誌」俳句欄

確かに、「選者・高濱虚子」となっている。虚子は明治七年（一八七四）二月の生まれなので、当時七十七歳。斯界《しかい》の大御所である。お役所（当時は逓信省）とはいえ、職場の雑誌としては随分贅沢な選者だなと思いながら、入選句を見て仰天した。第一席が、

「野《の》渓蓀《あやめ》の紫濃ゆき懐古かな」

富安風生《とみやすふうせい》

とあるではないか。

風生こと富安謙次は明治十八年（一八八五）の生まれで、逓信省勤務時代からホトトギス同

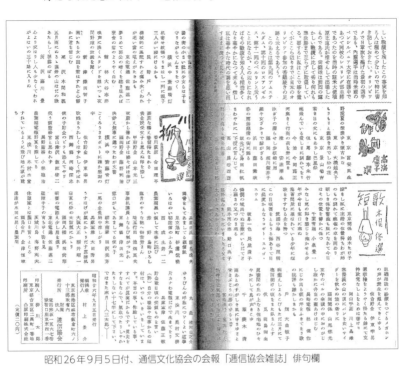

人として省内句誌『若葉』を主宰した。昭和十二年（一九三七）、逓信次官を辞した後は、句作に専念しており、当時すでに巨匠。昭和二十三年（一九四八）十一月には皇居で陛下に、歳時記などについて御進講もしている。

第二席の入選が大橋越央子《えつおうし》というのも凄い。越央子の本名は大橋八郎。逓信次官から貴族院議員に勅選《ちょくせん》[3]された。昭和二十年（一九四五）当時は日本放送協会会長の任にあり、天皇陛下の終戦詔勅《しょうちょく》[4]録音盤を守ったとされる。俳句の世界でも『ホトトギス』や『若葉』の同人として活動していた。

既に俳壇での重鎮である三人が、このような格好で名前を連ねていることが何とも不思議で、暫く見入ってしまった。

蛇足だが、最初、風生の句の「野渓蓀」を、恥ずかしながら読めなかった。季語の筈なので、『カラー図説　日本大歳時記』（講談社版）の総目次を繰ったが、「の・や・け・そ」の部にはない。肝心の「渓蓀」が読めないので、止むを得ず今度は『新漢和辞典』（諸橋轍次《もろはしてつじ》他著・大修館書店）を引っ張り出し、総画数（十四）から「蓀」（あやめ↓のあやめ）をようやく探り当てた。重さ四キロの事典と一・八キロの辞典と格闘した結果なので、少し嬉しかった。

ただこの句は、手元にある昭和四十四年（一九六九）発行の「『自選自解富安風生句集』（白凰社）の中には収録されていない。

注1　輿望　寄せられた期待。
注2　人口に膾炙　膾（なます）と炙（あぶり肉）は誰の口にも美味しく感じられることから、人々に持て囃され広く知られることの熟語。
注3　勅選　天皇の命により選ばれること。
注4　詔勅　天皇の意思を表す文書のこと。

寄せられた思い出㈡ ―俳句、そして電報―

富安風生《とみやすふうせい》の俳句、「野渓蓀《のあやめ》の紫濃ゆき懐古かな」の「野渓蓀」を、私が読めなかったことの続きである。

浦和の裏千家茶道準教授の鈴木ひろみさんからはメールが入ってきた。

「…漢字を読むことは割と得意と思っていましたが〝野渓蓀〟は読めませんでした！ ひとつ利口になりました。」

ひろみさんの父君・丸山一夫さんは俳人でもあったので、ちょっぴり悔しそうな雰囲気がメールからにじみ出ていた。昭和五十五年（一九八〇）度の埼玉文芸賞に選ばれている丸山さんの代表的な一句、「遠ざかるバックミラーの街夕焼」は、心にしみる句として忘れられない。

総合商社で常務だった内野州馬君からは、「あやめ」を漢字で表すと、菖蒲と渓蓀の二通り

左より花菖蒲、あやめ、杜若

になる違いに着目して、調べ挙げた結果が、次のようなメールで入った。

「菖蒲の方は、元々『里芋科』の花で、それを『しょうぶ』と呼んでみたり『あやめ』と呼んでみたりしていたようです。ところが、江戸時代、十七世紀末頃にアヤメ科に属する別の花を『花あやめ』と称するようになり、これがやがて『あやめ』と呼ばれるようになり、『里芋科』の『あやめ』と区別をつける為に『渓蓀』という漢字を当てたそうですが、『蓀』という字が一般的でなかった事や、地方では引き続き『菖蒲』を『あやめ』と呼んでいた為に『渓蓀』の『あやめ』はあまり普及しなかった由。（中略）しかし、前述の通り、この二つは似てはいるものの『属科』が違い、よく観察すると花の模様も大きさも異なるとの事でした。と言う事で古川さんの文章をきっかけに花の知識が少し増えました。」

「のあやめ」と私が読めたのは、事典や辞典と格闘して得た結果なので、少しでも何某《なにがし》かの役に立ったのかなと思った。が、である。コピーした掲載頁の「野渓蓀」に傍線を引き、コメントを付した黒田杏子さんからのメモを見て、思わず脱帽した。曰く、

「…母のお伴で俳句をやり、吟行してましたので、中学に入る前から読めてました。」

かつて、高浜虚子が送った追悼句の電報の痕跡を探訪した私の覚書に、このようなさまざまなメールやハガキ、手紙が引き続きよせられたのである。

吉祥寺の大内茂子さんからは手紙がきた。

「…電報にまつわる話を想い出しました。近所に住んでいた大叔父が突然の病で亡くなったとき、祖父が妹に電報で知らせてはかわいそうだからと、始発電車で妹宅に出向いたという話です。繰り返し聞かされました。私が生まれた日のことだそうで、六十五年前の話でございます。…」

戸を叩きながら「電報です」という声と共に配達された電報には、決まって何事か急変を告げる知らせが多く、受け取る方も、電報と聞いただけで胸騒ぎがするものであった。

大内さんの懐旧は、長老の祖父が家族を思う優しい心根が伝わってくる話だ。三世代が心を

寄せ合って暮らしていた家族の温もりが伝わってくる。

六十五年前といえば、サンフランシスコ平和条約が発効し、終戦状態が終わった年でもある。四月には、硬貨式公衆電話の第一号が登場しているが、急を要する連絡は、未だ電報に頼った時代であった。

大学で同期だった重工業社ＯＢの増永稔君からのメールには添付があった。添付は「国際ローマ字電報の昔話」と題した国際商談における電報連絡の回顧録である。

「…一九七〇年代の後半、まだＰＣもＥメールもＦＡＸも登場していなかった時代に、輸出商談のためたびたび海外出張しました。交渉状況に応じて外国から、国際電報（テレグラム・テレックス）を使って日本の関係先へ迅速に情報連絡していたことを懐かしく思い出していました。」

という書き出しで、ヘルシンキの造船所に、海底ケーブル敷設船《ふせつせん》に搭載するケーブルエンジンを売り込んだときや、サウジアラビアで受注した発電プラントの代金送金と土地交渉に現地へ出張したときなどに、関係先とローマ字で電報連絡をした苦労談が記されている。

虚子の外遊と電報 ― 香港から仏・独・英へ ―

虚子以外でも、俳句を電報で送ったということはあったようだが、電報それ自体を詠み込んだ俳句はあまり見当たらない。

復刻版の『虚子句集・自選の五千五百句』（響林社文庫）を電子書籍であらあら見る限り、虚子も「電報」という言葉を入れた句は詠んでいないようだ。

ただ、自選の『五百五十句』（櫻井書店）には一ヶ所だけ、電報の字が見える。句中にではなく、添え書きに、である。『五百五十句』は、昭和十一年（一九三六）一月二日の、

鴨の中の一つの鴨を見てゐたり

から始まっている。そして六句目に、旅立ちの日として、

古綿子《ふるわたこ》[1]著《き》の身著《き》のまま鹿島立《かしまだち》[2]

と吟じている。

　昭和十一年二月十六日、虚子は六女・章子と日本郵船の箱根丸で横浜港から訪欧の旅に出た。香港などでの寄港を経てインド洋を渡り、スエズ運河から欧州に入り、仏・独・英の各地を巡っている。そして五月八日、マルセイユで再び箱根丸に乗船して帰国の途に就いた。四ヶ月に及ぶ訪欧の旅程を終え、明日は神戸という日に、

　船涼し左右《そう》に迎ふる對馬壹岐

「六月十日。雑詠《ざつえい》選了。對馬見え壹岐見え來る。大阪朝日九州支社より、帰朝最初の一句を送れとの電報あり。」

　という句と添え書きを残している。

虚子と六女の上野章子。昭和11年2月16日箱根丸甲板にて（高浜虚子著『渡佛日記』より）

　当時の外遊は、要する時間と費やす経費も含めて、文字通りの一大事であった。虚子ほどになると、帰朝が新聞のニュースになったのである。

　その年の八月十八日付で発行された『渡佛日記』（改造社）の序には、

「往路は百通、帰路はそれよりも多い『無電』（無線電話・著者注）を受け取り、また私からも返電を打つ」

と記されている。序にある通り、虚子は旅行中、関係者や新聞社などとの交信に船舶無電や電報を頻繁に利用している。洋上ではまだ電話が通じなかった時代の、電報が果たした役割の面目躍如たる情景である。

更に虚子は、横浜を出発してから寄港地や訪問した国々の各地で、在外公館や日本人会、進出企業の駐在員や在留邦人などを挙げての歓迎を受け、たびたび講演や句会を催していた様子が『渡佛日記』から見て取れる。

また、当時のことである、各国での言葉の問題、更には各地での事情や習慣などもあり、日本郵船や三菱商事の駐在員などによる手厚いもてなしを受けていたことが窺える。

先に挙げた『五百五十句』には、旅行中に吟じた句の中から、自選の三十八句と添え書きが日付を付して記されている。各地での即事句もさることながら、添え書きに私は興味をそそられた。添え書きの殆どは寄港地や訪問地で面会した人びとや会合についてのことになっている。『五百五十句』を繰って行き、二十八句目の添え書きを見ているうちに、目が点になった。二十八句目は次の通り記されている。

「倫敦《ろんどん》の青草を踏む我が草履《ぞうり》

四月二十八日。七時半前ハーウッチ港着。それより汽車にてリバプール・スツリート・ステーション着。上ノ畑楠窓《なんそう》（俳号・本名は純一）、八田一朗、松本覚人、槇原覚《さとる》、河西満董《かさいみつよし》、有吉義彌、高橋長春、常盤の主人岩崎盛太郎諸君の出迎えを受く。（中略）タフネルパークロードの常盤別館に入る。駒井権之助、朝日新聞社古垣鐵郎氏來訪。晩餐を待つ間小句會。」

出迎えの顔ぶれが多彩だ。上ノ畑楠窓は虚子が乗船してきた箱根丸の機関長、有吉義彌は後の日本郵船の社長、八田一朗は後の参議院議員である。槇原覚は当時、三菱商事のロンドン支店副長、河西満董は会計係であった。

話は少しそれるが、槇原覚は、六年後の昭和十七年（一九四二）五月、東シナ海で米国潜水艦グレナディア号から発射された魚雷を受けて沈没した大型貨客船大洋丸に乗船していて殉職する。平成四年（一九九二）六月から三菱商事社長になった槇原稔の父君に当たる。河西満董は、その後、常務取締役や常任監査役を歴任している。

話は更にそれるが、昭和三十七年（一九六二）四月、三菱商事に入社した私が配属された部署の担当役員は河西満董常務であった。

注1　古綿子　真綿をそのまま縫って作った防寒衣の着慣れて古くなったもの。

注2　鹿島立　旅行に出ること。鹿島・香取の二神が国土を平定した故事に因み、防人《さきもり》や武士が旅立つ際に道中の無事を鹿島神宮に祈願したことから、旅に出発することを鹿島立と言うようになった。

虚子の満鮮旅行と電報 ― 一日一電 ―

『定本・高濱虚子全集』（毎日新聞社）は、俳句はもとより、小説、俳論、写生文集、紀行、書簡等々を集めて全十五巻の大部である。従って、別巻として昭和五十年（一九七五）十一月三十日に発行された『虚子研究年表』も、一年ごとの事項を逐月に記して四九三頁に及ぶ。

新緑が眩しい駒場公園内の日本近代文学館に、三日にわたって通い、『虚子研究年表』を中心にあれこれ目を通してみたが、虚子は生涯に五回、海外へ出掛けているようだ。

最初は明治四十四年（一九一一）、虚子三十七歳の六月から七月にかけての朝鮮旅行だが、ここでは「朝鮮に遊ぶ」という記述しか残されていない。

二、三回目の満州朝鮮旅行、四回目の欧州旅行、そして最後の海外旅行となる虚子六十七歳時の満州朝鮮旅行については、日程だけだが、比較的詳しい記載がある。それでも「大連に到着、遼東ホテル泊。六月三日」

「釜山発、神戸に向かう。六月十七日」

という程度の記述が殆どで、内容にまで触れているものは少ない。

欧州旅行だけは、別に刊行された『渡佛日記』（改造社）があり、旅行中の様子が具体的に淡々と書き留められている。

『渡佛日記』の序に「往路は百通、帰路はそれよりも多い『無電』を受け取り、また私からも返電を打つ」とあり、虚子は渡欧中に関係先との連絡のため頻繁に電報を使っている。

虚子の行動パターンから察するに、他の四回の満州朝鮮旅行や、足繁く出掛けた全国各地での句会や講演時の連絡にも、電報をふんだんに使ったと思われる。だが『虚子研究年表』からだけでは、その様子は窺えない。

最後の満鮮旅行をした昭和十六年（一九四一）度に、執筆した評論、作品あるいは出版物として挙げられたなかに「一日一電」という記録がある。

「一日一電は、俳誌『玉藻《たまも》』を主宰する次女・星野立子のために虚子が送った近詠です。ただ、保存中の玉藻には欠号もあるのですが……」

私の突然の電話に即答してくれたのは芦屋市にある虚子記念文学館の司書・山脇多代さんである。教えを請いながら図々しくも掲載誌のコピーを頂けないかとお願いしたら、直ちに、昭和十六年七月号の『玉藻』の当該頁がファクシミリで送られてきた。素早さといい、的確さといい、真に的を射た親切な応対を得た。

当該頁には電報で送られた句として次に引用する句など一七句が掲載されている。

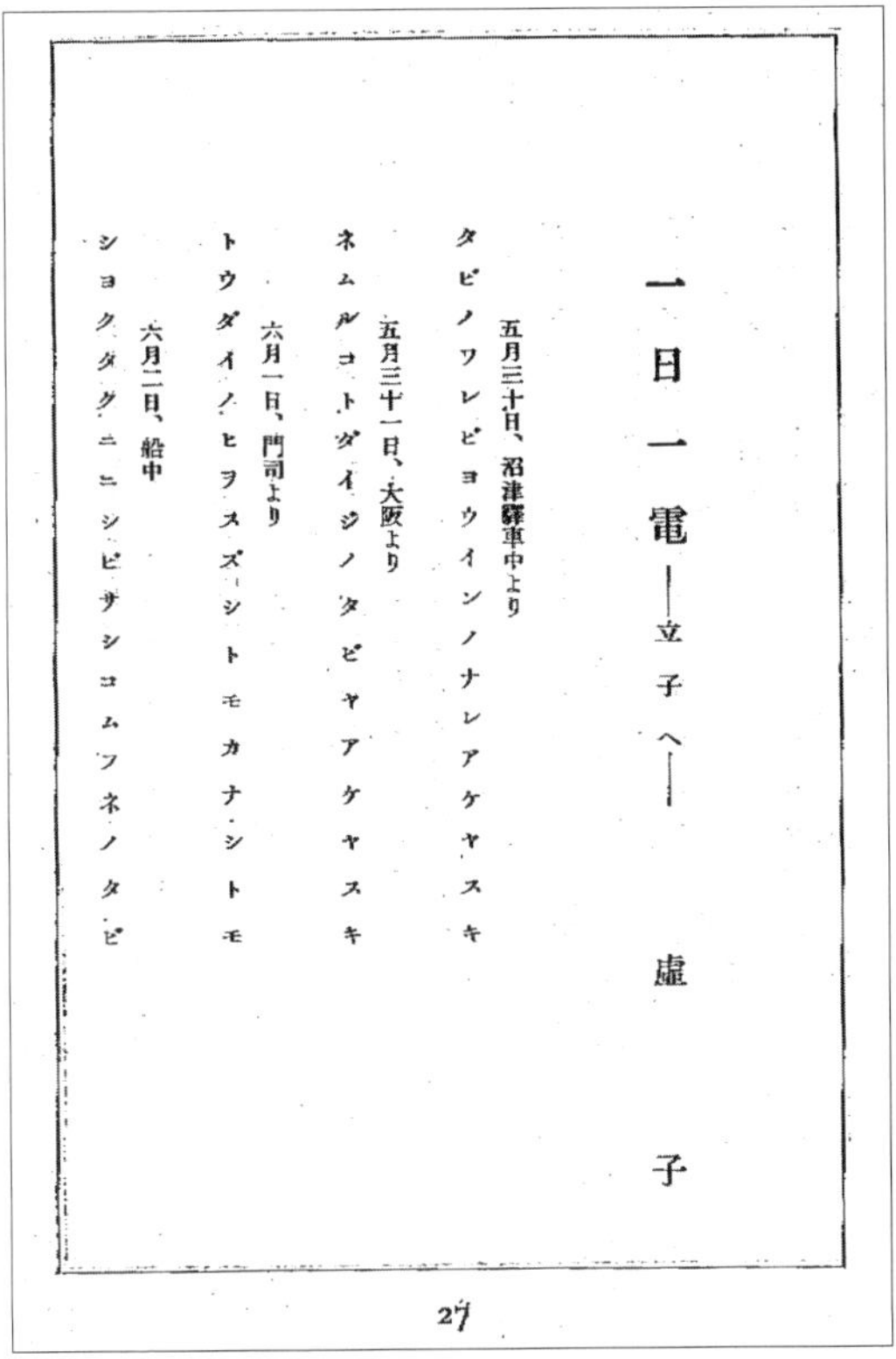
一日一電 ―立子へ―　虚子

五月三十日、沼津驛車中より
タビノワレビヨウインノナレアケヤスキ

五月三十一日、大阪より
ネムルコトダイジノタビヤアケヤスキ

六月一日、門司より
トウダイノヒヲスズシトモカナシトモ

六月二日、船中
シヨクダクニシビサシコムフネノタビ

27

「玉藻」1941年7月号27頁

「一日一電―立子へ―
　虚子

五月三十日、沼津驛車中より

タビノワレビョウインノナレアケヤスキ」

（旅の我病院の汝明け易き―この頃病んでいた娘立子を旅先から思う親心であろう。「明け易き」は夏の季語。著者注）

「六月九日、奉天より
ヒルネザメマタタイリクノタビツヅク」
（昼寝覚めまた大陸の旅続く——奉天は現在の瀋陽。「昼寝覚め」は夏の季語。著者注）
これらのことからでも、虚子は生涯で今では考えられないほど多くの電報を受発信していたことが判る。虚子の時代、電話はまだ普及途上であり、現在のように何時でも何処でも、という訳にはいかなかった。確実な郵便は、郵袋に入れて列車で運搬していた時代である。他の何よりも電報が最も早くて確かな唯一の通信手段だったのである。

電報事始め ― 佐久間象山の足跡 ―

電報は、送ろうとする文言を電気的な符号や信号に変えて有線または無線で送信し、装置を通して受信し解読され、文言に変えて送達されたもの、つまり電気通信の産物である。

NTT東日本のウェブ・マガジン『Voice』の通信偉人伝によれば、日本で初めて電気通信を成功させたのは、明治維新より十四年も前の嘉永七年（一八五四）となっている。二度目のペリー来日に際して、フィルモア米大統領から徳川幕府へ贈られたエンボッシング・モールス電信機によるとされる。日本での公開実験は、横浜市内に約一・六キロメートルの電線を敷設して実施され、「JEDO（えど）」と「YOKOHFMA（よこはま）」という文字が送信されたという。ところがそれよりも五年も前の嘉永二年（一八四九）、日本で通信機を製作して電信に成功したという事例があるというのだ。

長野駅から松代町に向かう道の両側は紅白のハナミズキの真っ盛り。その向こうには、白い花のベールを纏った林檎の木々が行儀よく並んでいる。五月の信濃は花木の季節だ。

象山記念館は、真田十万石の城下町だった松代の屋敷町の一角にデンとしている。ここに、電気通信の実験を日本で初めて成功させたとされる佐久間象山自製の電信機が展示されているというのである。

人影のない展示室に入ると右手壁面に、松代藩士で思想家の佐久間象山の解説がある。詳しい家系図の前にきて、思わず足が止まった。象山の妻は勝海舟の妹・順だが、その間に子はなく、妾お蝶との間の子が長女「菖蒲」となっているではないか。ふと富安風生の句の「野渓蓀」を思い出し失笑する。異能の思想家だっただけに、象山遺品の展示物は多彩で、カメラやエレキ治療器、蒸留器から詩歌、書画にまで及んでいる。

お目当ての象山自製という電信機は、第一と第二展示室間の踊り場に展示されていた。「象山と電信機」という説明書きには、

「佐久間象山は電磁石を利用した電信機で、日本で初めて電信通報の実験に成功しました。当時の電信機や詳しい資料は残っていませんが、指示型電信機の一種であろうと考えられます。この展示モデルは、指示型電信機の通信の実験を体験できるように作られたもので、型以外は、

旧松代藩鐘楼　長野市松代町（筆者撮影）

仕組みも使い方も、昔のものとは異なります。」

とある。残念ながら象山の手による実物ではなかった。

象山の実験は、旧松代藩鐘楼から約七十メートル北東にあった御使者屋との間に電線を張り、「サクマシュリ」という自分の名前（修理）を電送したというのである。語学にも特異な才能があった象山は二ヶ月でオランダ語の文法を習得したという。これまでの説では、フランス人ノエル・ショメールが著した『ショメール百科事典』のオランダ語版を基にしながら大工や鍛冶職人を動員して指示型電信機を製作したと言われていた。その後、各種資料や時代考証で、オランダ人ファン・

デル・ビュルクが著した『理学原始』第二版が教本ではないかと指摘されている。実験に成功したとされる時期も、ペリーが実験を行った嘉永七年（一八五四）以降ではないのかとも。この辺りの事情については、平成十六年（二〇〇四）九月一日に発行された、中野明著『サムライ、ITに遭う　幕末通信事始』（NTT出版）にその詳細が記されている。

象山の電信に依る送受信が日本初であるか否かは別にして、象山が日本で初めて電信機を作ったことは偉業とすべきであろう。

現存する旧松代藩鐘楼は、享和元年（一八〇一）に再建されたもので市の指定文化財である。鐘楼の前には日本電信発祥之地と記された記念碑があり、裏面には左記碑文が刻まれている。

「嘉永二年（一八四九）佐久間象山先生は自製の電信機を使い伊勢町の御使者屋と片羽の鐘楼堂の間で通信に成功しました日本の通信はここから始まります

一九五三年電気通信記念日

日本電信電話公社建之」

ペリーの横浜での実験から幕末までは、電信に関する顕著な動きは見られないが、体制が変わり明治政府（一八六八〜）になると俄かに慌ただしくなる。

明治二年（一八六九）・横浜で電信業務を開始する
明治四年（一八七一）・モールス印字電信機を英国から輸入して使用開始する
・長崎〜上海間に海底線を敷設。海外との電報送受を開始する
明治五年（一八七二）・関門海峡に電信用海底線を敷設する
明治十年（一八七七）・電信開業式を挙行する
などなどこの後も矢継ぎ早に電気通信設備の整備強化を図っていくのである。

謎の電文 ― 初期の電文を読み解く ―

わが国で初めて電報の業務が始まったのは明治二年（一八六九）の東京・横浜間である。二年後には東京・長崎間でも電報の取り扱いが始まる。以後、各地での電信線敷設が進むにつれて、電報の利便性と通信網は拡充していく。

そこで、初期に受発信された電報はどんなものであったかと思い、先に出向いた郵政博物館に、出来るだけ古い電報を見せて欲しいとお願いした。送られてきた五通の電報の写しの中から、最もシンプルな一通を次に掲げる。カッコ内は著者の意訳である。

住所：ヒラノムラ（平野村）
宛先：ヲグチカツヤカタ（小口勝也方）
：セイキチ（清吉）

著局日：明治四五年（一九一二）二月二八日[1]
本文「コンヤコイアスカイル」（「今夜来い、明日帰る」か）

発信人住所氏名の記載はない。それでも用が足りたということは、「セイキチ」には誰からの電報なのか分かる、当時は電報が電話の代わりの役を果たしていたものと思われる。

著局の日付印の文字が「長野・岡谷」と微かに読めることから、岡谷市の市制以前の名称であった長野県諏訪郡平野村であろうと断じた。

問題は発信局で、電報からは「クマガヤ」と読めるが、長野県南信地方に熊谷という地名や郵便局は見当たらない。埼玉県の熊谷かとも考えたが、電報の内容から、少なくとも徒歩で数時間の距離と考えるのが妥当で、埼玉県の熊谷では遠過ぎる。長野県には熊谷という姓がかなりあるようなので、電信を発信した者の姓かもしれないと思っている。

博物館から送付された中で一番古い電報が次の電報である。

この電文を最初に見たとき、些《いささ》か面食らった。まず音読しようとしたが、四行目からウッと声が出なくなった。読めなくなったのである。

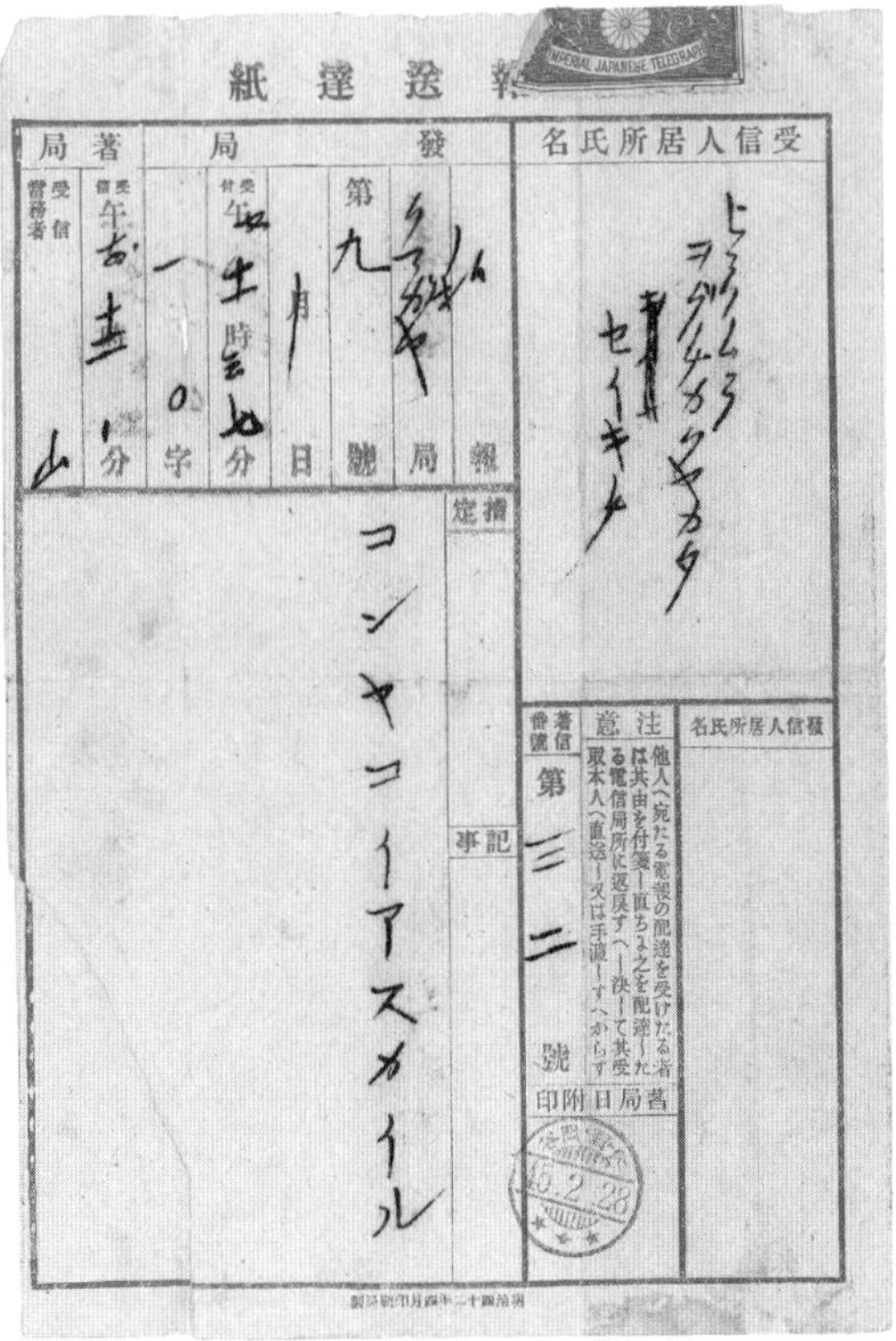

明治45年の電報（郵政博物館蔵）

因みに後日、広告代理店勤めの娘に黙って見せたら、一見して曰く「これって日本語?」。

発信は明治十一年（一八七八）一月十三日、発信者は宮崎のヲノダ（小野田・著者意訳）。あて先は四谷電信分局管内のイシイ（石井・著者意訳）となっている。

いったいこの電報を貰った東京四谷の石井某《なにがし》は、本当に分かったのだろうかと思いながら、気合を入れて改めて読み直すことにした。

まず読めるところに区切りを入れて漢字と平仮名に直し始めたが、四行目に来るとピタリと手が止まった。そこで、電信技士の気持ちになって見直してみる。まず気が付いたのが、本電文中に唯一ある漢字と思《おぼ》しき「子」である。

これは「コ」ではなく、十二支最初の「ネ」と読むのではないか。急ぐとき「ネ」は書き難く損じ易いので、当時は現代より遥かに一般的だった干支でいうネズミの「子」と書いたのではないか。置き換えて読むと、三行目の終わりから四行目にかけての「サク子ンジユニゲツ」が「昨年十二月」になる。あとは旧仮名遣いと濁点、小文字に注意しながら現代文に直して、原文と対比したのが左記である。

最後まで手こずったのが傍線を付した「シユクロウ」である。旧臘《きゅうろう》（「去年の十二月の意で、新年になってから使う）という言い方は現代でも生きていることから、前の十二月を受けて、年の暮れという意味の臘《ろう》とその早い時期という意味での夙《しゅく》であろうと推察して夙臘《しゅくろう》と解した。

ゴヨウフコトヤマナシ　　ご養父こと山梨
ケンニオマワシノスエ　　県にお回しのすえ
カツケヒヤウニテサク　　脚気病にて昨
子ンジユニゲツシユク　　年十二月夙

ロウゴシキヤウノオモ　朧ご死去の
ムキニテゴイガイシヨ　趣にてご遺骸処
チシナヒキトルベキヤ　置品引取るべきや
イナヤモウシイテヨト　否や申しいでよと
ケンヨリタツシアリイ　県より達示あり
カガスベキヤヲンシン　如何すべきや音信
ニテヘンシアレ　にて返事あれ

受発信人等の情報を加え、推察独断を交えて改めて読み下し文に書き直すと、

「四谷電信分局内の石井宛に、『ご養父は、（何らかの理由で）山梨県に滞在中（お回しのすえの意訳）、脚気を患い、昨年十二月初めご逝去されたようです。ご遺骸と（遺）品を引き取るかどうか申し出るように（鹿児島）県庁から達示がありました。どうするか電報で返事を下さい。』宮崎の小野田から」

となるのではないか。

どうやら音読には耐えられ、朧気《おぼろげ》ながら用向きは分かるようにはなったが、今度は一体どういうことなのだろうかという疑問が膨らむ。

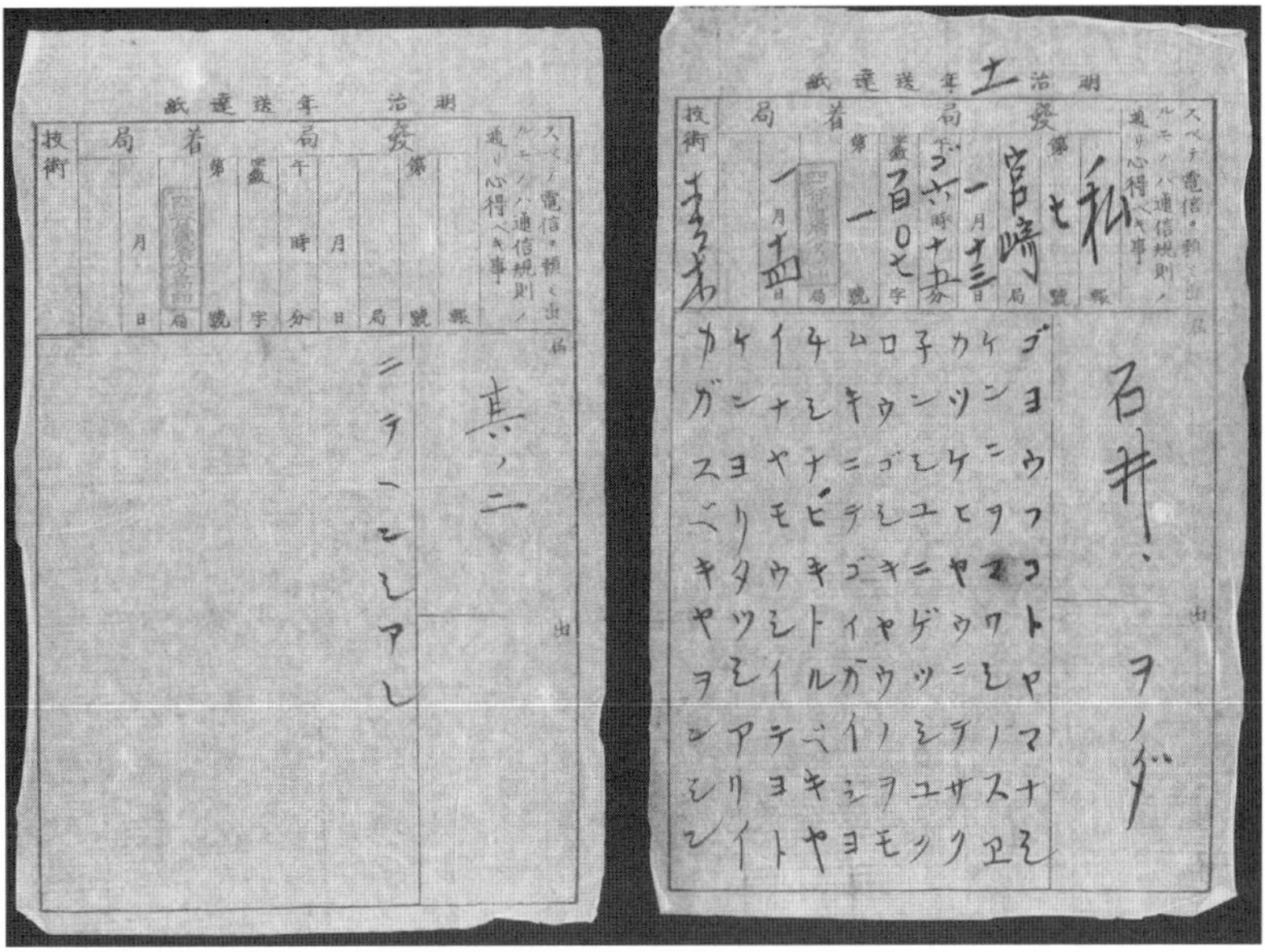

明治11年の電報（郵政博物館蔵）

疑問の一は、まず、小野田と石井はどういう関係なのか。また、電報には住所もなく、「宮崎の小野田」、「四谷電信分局内の石井」だけで通用する程の間柄なのだろうか。

疑問の二は「オマワシノスエ」という特殊な表現に何か含みがあるようで理解に苦しむ。

疑問の三は、山梨県庁（多分）は東京四谷在住の石井某に直接問い合わせをせず、何故、鹿児島県庁（宮崎支庁）を介しているのか。

何れの疑問についても、電報だけの情報では解明出来ない。

この電報が発信された明治十一年

（一八七八）当時の宮崎は、実は微妙な時期なのである。

明治二年（一八六九）に版籍奉還が発せられると、二年後の明治四年には廃藩置県が実施され、一使（北海道開拓使）三府七二県になった。政府は更に整理統合を進め、明治九年（一八七六）八月には、宮崎他七県を隣接県に統合させ、一気に三府三五県体制とした。しかし、統合された八県では分立運動が起き、明治十三年（一八八〇）の徳島県を始めにして順次復活していく。宮崎県も明治十六年（一八八三）に鹿児島県から分立して復活する。が、である。明治九年から十六年までの七年間、鹿児島県に併合されていたのだ。

折しもその間の明治十年（一八七七）二月、西南戦争が勃発し、宮崎全土は薩軍の指揮下に組み入れられたのである。最後の内戦となった西南戦争は、鹿児島・城山での攻防の末、西郷隆盛の自刃で戦闘に幕が下りた。その間七か月、政府軍と薩軍併せて一万三千余人の戦死者を出し、数万と言われる負傷者と南九州各地にわたる荒廃をもたらした。特に宮崎各地は、西郷隆盛の退路にもなったことから、壮丁《そうてい》（成年男子）は駆り出され、田畑は踏みにじられ、多くの家屋が焼かれている。また、生き残った薩軍兵士は九州臨時裁判所で裁かれ、二千七百余人に戦犯として東日本各地の監獄で服役する運命が待っていた。

私の母方高祖父・肱岡栄輔も、私学校党として従軍。熊本の植木や木留《きとめ》の戦いで手負いになるが生き残った。裁判の結果は「官兵ニ抵抗スル従懲役三年ノ処情状ヲ酌量シ除族[2]ノ上懲役二年」となり、宮城県の監獄で二年間服役した記録が川内市史資料集九に残されている。

宮崎出身と思われる東京四谷の石井某と宮崎の小野田某にも、何やら西南戦争の余燼の気配が私には感じられる。電報余話である。

注1　著局　「著」には、「着」と同じ意味があり、著局は「着局」と同義。
注2　除族　かつてあった華族や士族の身分を、剥奪して平民に落とすこと。

知覧《ちらん》と鹿屋《かのや》に見る俳句と電報 ―かなしびの旅―

本当は知覧には行きたくなかった。

ルソン島での父の戦死や疎開先での空襲体験（朝礼中の滄浪国民学校を米軍機が機銃掃射し、生徒七人が犠牲）、そして苦難続きだった母子家庭の日々など、戦争に繋がる悲哀は、出来れば思い出したくないからだ。

だが、何であれ、振り返って遠い日のことを尋ねようとすれば、戦争があった日々を避けて通るわけにはいかない。

鹿児島空港から高速道路を南下し始めると周りは緑の空間だ。落葉樹の新緑の中で一際盛り上がっている楠若葉が懐かしい。鹿児島市から更に南へ下って知覧（南九州市）に入り、近づくにつれてえも言われぬ重い気分になる。葉桜のトンネルを潜ると、知覧特攻平和会館だ。

平日だったので、高校生らしい集団が見学中だったが、若者特有の歓声やざわつきもなく館内は至って静寂。展示されている資料を見始めると、なかなか動けなくなる。自らに言い聞かせるような使命への決意、親子兄弟への決別、国の弥栄《いやさか》[1]を願う気持ちなどを記した遺書の展示が続く。他なき道として進まざるを得なかったとは言え、乱れも見せない筆運びで書かれた多くの遺書は、見る者を沈黙させる。

そんな中で、二十二歳で散った富山県出身、枝幹二大尉が呟いた一節は胸を打つ。

「あんまり緑が美しい
今日これから
死にに行く事すら
忘れてしまいそうだ
真っ青な空
ぽかんと浮かぶ白い雲
六月の知覧はもう蟬の声がして
夏を思わせる
―作戦司令を待っている間に」

十九歳で散華《さんげ》[2]した熊本県出身、山下孝之少尉が綴った遺書は、何度読み返しても読むほどに眼鏡が曇ってくる。

「（前略）今日も飛行場まで遠い所の人々が、私達特攻隊の為に慰問に来て下さいました。丁度お母さんの様な人でした。別れの時は見えなくなるまで見送りました。（中略）お母さんお体大切に。私はお母さんが何時も言われる御念仏を唱えながら空母に突入します。

南無阿弥陀仏」

二時間ほどの見学だったので全ての資料を見た訳ではないが、名歌の引用や自詠の短歌はかなりある。が、俳句は少ない。溢れる思いを吐露するのに十七字では足りなかったのかもしれない。それでも、四句に巡り会えた。

小屋哲郎少尉は鹿児島県出身。二十五歳で出撃した。遺書の末尾に、「御父上様」として、

あす散ると思ひもされぬさくらかな

十九歳で突入した中上敬一少尉は岡山県出身だった。

咲くもよし散るはなほよしわかざくら

熊本県出身の原田栞《しおり》大尉は二十六歳だったが、五言絶句の漢詩の後に一句添えている。

このごろは山より海の桜花
野畔《あぜ》の草召し出《いだ》されて桜哉
（振りカナは著者による）

特攻平和会館を出てくる人たちは一様に下向き加減で無口になっている。初夏の陽光が眩しいだけではあるまい。初めて知覧を訪ねた日は五月十九日。文字通りの五月晴れ。南国の風は爽やかで明るく穏やかな日だった。

一週挟んだ五月二十八日、また鹿児島に飛び、今度は大隅半島の鹿屋《かのや》市に、海上自衛隊の鹿屋航空基地資料館を訪ねた。鹿屋海軍航空隊が誕生したのは昭和十一年（一九三六）であり、以来、鹿

桜の小枝を振って見送る知覧高女生たち（高岡修編『新編　知覧特別攻撃隊』より）

屋は海軍航空隊の町として発展する。戦局の激化とともに、南西方面艦隊作戦における本土最南端の基地として重要な役割を果たす。特に戦局が悪化した昭和十九年（一九四四）十月以降、鹿屋は神風特攻隊の中心的出撃基地となった。

資料館は基地内にあり、建物の前庭には各種航空機などが展示された公園になっている。館内は比較的に明るく、二階の海軍コーナーには、名機と言われた「零式艦上戦闘機52型」（ゼロ戦）が復元展示されている。航空機のメカや部品関係の展示が多く、興味深そうに見入っている若者たちがいた。特攻隊員たちの遺書や遺品の展示にも広いスペースが割かれている。知覧と同じように、若者たちの声にならなかった叫びと入魂の祈りが、今でも見る人に伝わってくる。

ここでも、遺書には先人や自作の詩や短歌がかなり多く添えられている。しかし、俳句を見出すことは出来なかった。だが、私が予て見たいと思っていた真珠湾攻撃を命じた電報は、ガラスケースの中に平置きにして収められていた。残念乍《なが》ら、写真撮影は禁止されているので、メモしてきた説明文を転記する。

「大東亜戦争の火ぶたを切る真珠湾攻撃を全艦隊に指令した山本五十六連合艦隊司令長官の『ニイタカヤマノボレ一二〇八』の電報起案用紙である。当時、旗艦「『長門』で司令部の電信兵曹長を務めていた中村文治はこの機密文書を三枚複写した。その内の一枚を戦陣勤務録に挟み保管していた。終戦で復員の際に持ち帰ったものである。」

鹿屋市は大隅半島の中央に位置する白然に恵まれた中核都市だ。地元で農産物関係の事業を営む高校同級生の前原敏右君による手際のいい案内を受けたが、全国でも屈指のバラ園を見学する時間がなかったことは悔やまれた。

注1　弥栄　いよいよ栄えること。
注2　散華　戦場で、はなばなしく死ぬこと。

そして豊川へ ―陸上自衛隊豊川駐屯地―

インターネットでの検索は釣りに似ていて、場所と餌と下ろす深さが適切だと、狙った獲物を釣り上げることが出来る。鹿屋から帰宅して、「中村文治　電報　新高山登れ」で検索したところ、鹿屋と同じ電報起案用紙の原本が陸上自衛隊豊川駐屯地内の三河史料館に保存展示されていることが分かった。

勇躍して、六月十六日、東海道新幹線と飯田線を乗り継いで愛知県の豊川市へ急行。豊川駐屯地は、かつて東洋一の規模と言われた広大な旧海軍工廠《こうしょう》[1]跡地の一角にある。開門と同時に受付に行くと、思いがけなく、電話で話を聞いて貰った三河史料館長の田中博准尉[2]の出迎えを受けた。

真っ先に案内して貰ったのが海軍電報用紙の前であったことは言うまでもない。流石に用紙には経年劣化がみられるが、「八年前に永久保存に耐え得るように修復処置がなされた」との説明を受けた。読み易いように書き直すと次の通り。

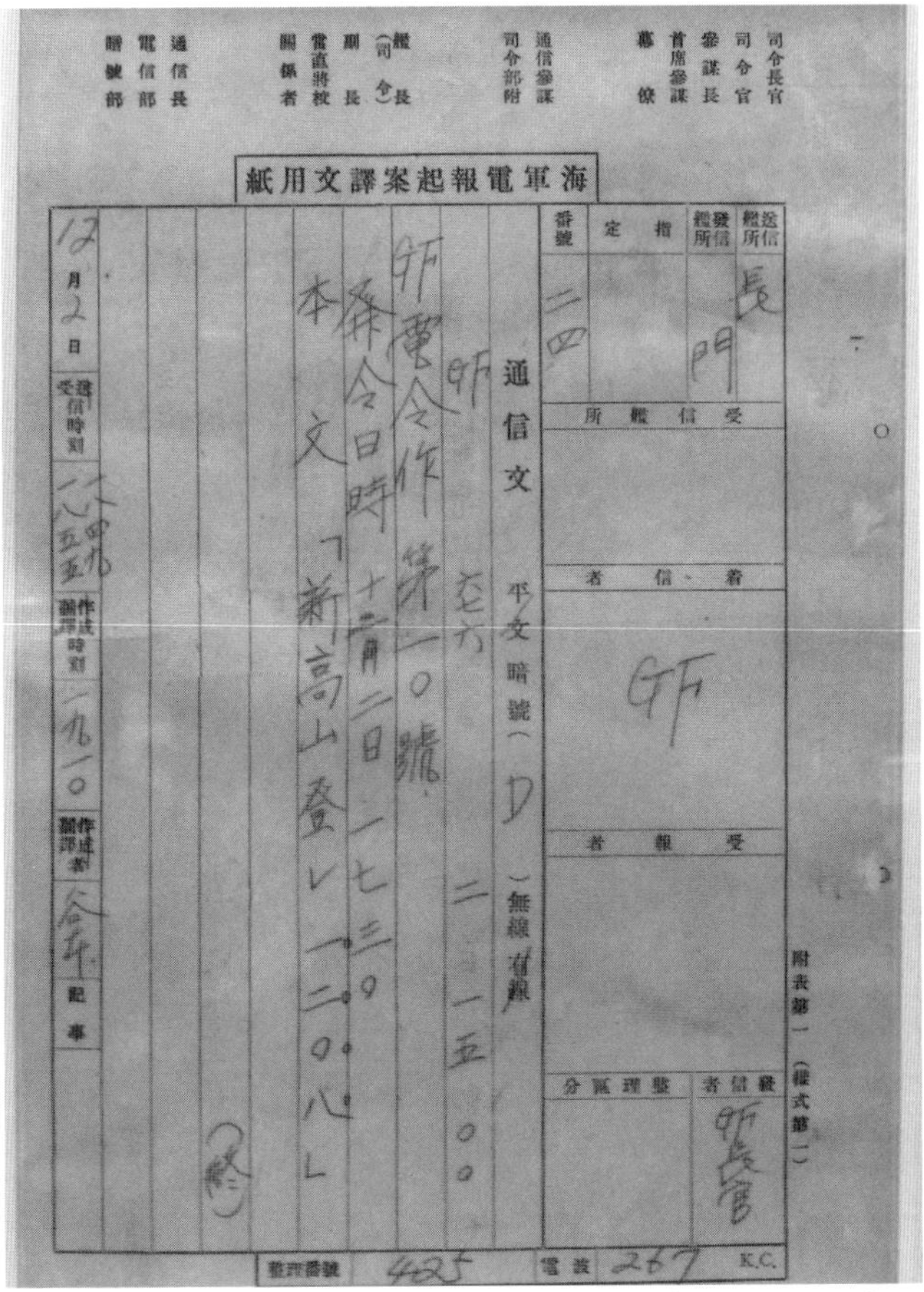

三河史料館蔵の12月2日付暗号電文。(「GF」連合艦隊、「D」は海軍暗號書D、新高山は台湾最高峰玉山の日本統治下時代の呼称―著者注記)

「送発信艦所『長門』、着信者『聯合艦隊』」、発信者『聯合艦隊長』
通信文『暗号D、無線』
聯合艦隊六七六　二　十五　○○
聯合艦隊電令作第一○號
発令日時十二月二日一七三○
本文『新高山登レ一二○八（ニイタカヤマノボレヒトフタマルハチ）』
（終）
12月2日受信時間一八四九・一八五五　翻訳時刻一九一○翻譯者谷本」

開戦直前の日米間の状況と電報の内容を略記すれば左記の通りである。

昭和十六年（一九四一）十一月二十六日、中国からの完全撤退などを求める事実上の最後通告「ハル・ノート」を、日本は米国から突き付けられた（ハルは米国のコーデル・ハル国務長官―著者注）。

ところが、大分県の佐伯湾から移動して、千島択捉島《えとろふ》の単冠湾《ひとかっぷわん》に集結していた南雲海軍機動部隊は、将にその日を期して、単冠湾から密かにハワイの北方海域へ出発したのである。

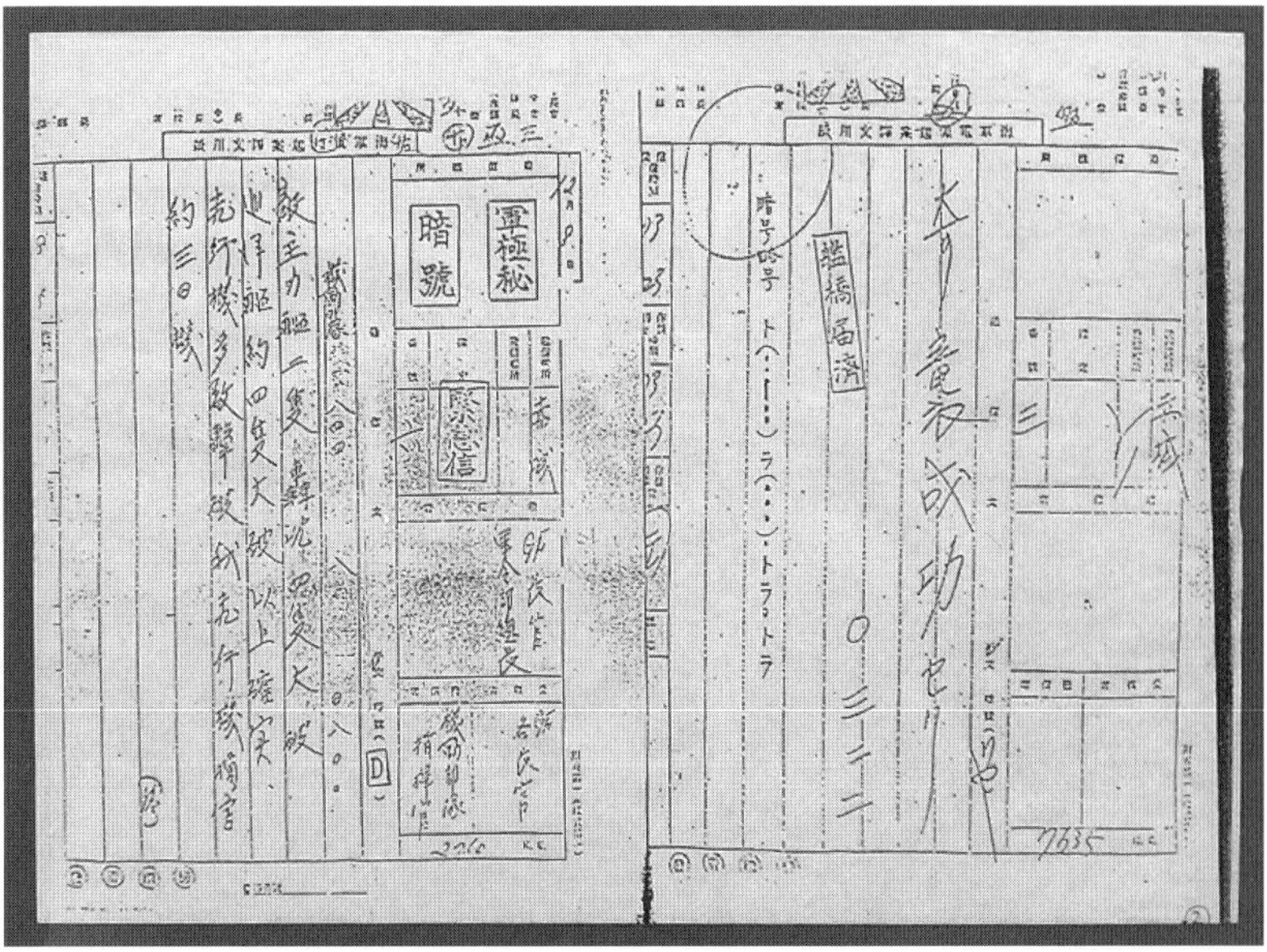

昭和16年12月8日付の全軍突撃（右）と旗艦赤城に報告した暗号電報（三河史料館蔵）

そして、十二月一日の御前会議を経た翌日の十二月二日十七時三〇分、広島湾の連合艦隊司令部から連合艦隊に打電されたのがこの電報であり、「十二月八日午前零時を期して戦闘行為を開始せよ」という意味である。

内容は当然のことながら、鹿屋基地資料館の説明文と同じである。原本が豊川駐屯地にあるのは、中村文治の出身地が渥美半島の赤羽根町（現・田原市）であったからとされている。ただ、平成二十一年（二〇〇九）五月十三日付、朝日新聞朝刊（三河版）は、経年劣化した海軍電報用紙の修復が完了して再展示され

たことの紹介記事として、

「この資料は（電報起案用紙の写しではなく・著者注）、連合艦隊司令長官が発信した暗号電報を、呉通信隊で傍受した中村文治の同僚（谷本通信兵・著者注）が翻訳した暗号譯文《やくぶん》である。」と報じているが、宜《むべ》なるかなと思う。

なお、三河史料館には、第一次攻撃隊が真珠湾上空に到達し、攻撃隊総指揮官の淵田中佐が各機に命令した全軍突撃の「ト・ト・ト・・・」の暗号電報譯文と、旗艦赤城に報告した「トラ・トラ・トラ」の暗号電報譯文も前頁のように展示されている。


知覧、鹿屋、そして豊川に、決心して出掛けた心の旅は終わった。太平洋戦争の火ぶたを切ることになった一通の電報と特攻隊員の魂の叫びに向き合い、忘れて仕舞いたい記憶の数コマを、フラッシュバックさせながら。

余談がある。

鹿児島県の地図を眺めていたら、錦江湾《きんこうわん》を挟んで右側にある大隅半島の鹿屋と、左側、薩摩半島の知覧が、北緯三十一度線上にあることに気が付いた。調べてみると、鹿屋の資料館が知覧の平和会館よりわずか一・〇三秒、距離にして一・九四キロ北方ということになる。

鹿屋は旧海軍、知覧は旧陸軍の基地である。位置上の一致は偶然のなせる業であろう。

＊本文作成に際しては、高岡修編『新編　知覧特別攻撃隊』（ジャプラン）と鹿屋航空基地新資料館十周年記念誌『魂の叫び』を参考にさせて貰った。

注１　工廠　軍に直属して兵器や弾薬などを製造する工場のこと。

注２　准尉　自衛隊の階級名。三尉（旧少尉）と曹長の中間に当たる准士官。

文豪たちの俳句と電報

幸田露伴

平成二十九年（二〇一七）七月六日付「日本経済新聞」朝刊のコラム「春秋」の書き出し部分をそのまま借用すれば、

「東京都台東区谷中霊園の一角にはむかし、五重の塔があった。江戸時代のはやい時期に建てられ、大火のためにいちど焼け落ちたが、二二〇年ほど前に再建された。この再建事業を題材にして、わかき幸田露伴が代表作『五重塔』を書いたことは、よく知られている。」とある。

蛇足を承知で付記すれば、慶応三年（一八六七）生まれの幸田露伴は第一回の文化勲章受章者であり、尾崎紅葉、坪内逍遥、森鷗外と共に紅露逍鷗と称された明治の文豪である。

近代文学史上の揺るぎのない存在として、幸田露伴と『五重塔』の名前は学校教育にも出てくる。だが、原文は擬古文体・旧仮名遣いで書かれていて、大学の入試問題にも出るほどかなり難解である。因みに、「其の二十一」の冒頭は、蓬萊《ほうらい》屋の裏二階から不忍池の景色を描いたものだが、その一部分を書き出せば、「紅蓮白蓮《ぐれんびやくれん》の香《ひほひ》ゆかしく衣袂《たもと》に裾に薫り来て、浮葉に露の玉動《ゆら》ぎ立葉《たちは》に風の軟吹《そよふ》ける面白の夏の眺望《ながめ》は、赤蜻蛉菱藻《ひしも》を嬲《なぶ》り初霜向ふが岡の樹梢《こずゑ》を染めてより全然《さらり》と無くなつたれど、赭色《たいしや》になりて荷《はす》の茎ばかり情無《なさけの》う立てる間に、世を忍び気《げ》の白鷺が徐《そろり》と歩む姿もをかしく、……」（青空文庫・インターネット図書館。紅蓮白蓮・立葉・情無、のかなは著者による）と続く。

『五重塔』が原文のままで、現代でも多くの人に読み継がれているかと問われれば、残念ながら疑わしいと言わざるを得ない。

その『五重塔』を書く以前の、ずうっと若い時代、幸田露伴は北海道の余市で電信技手として、電報の受発信業務に携わっていたのである。当時の逓信省関係者や余市町民などを別にすれば、それほど人口に膾炙《かいしや》していることではない。私も露知らなかった。

少しそれるが、神楽坂上から神田川の白鳥橋を渡ると、道なりで安藤坂に入り、坂が尽きると正面に伝通院の門が現れる。伝通院を左に見て坂を少し下ると急に歩道が一か所だけ広くなり、何やら神神しい注連縄《しめなわ》が掛った巨木が現れる。椋の老大木で、その横の家が、幸田露伴・幸田文・青木玉、三代の住居であり、青木玉の随筆、「小石川の家」だ。私の散歩コースであり、祖父や母と同年代である露伴や文には、そこはかとない親しみを感じている。平成十八年

（二〇〇六）、日本郵政グループに転じてから暫くして、札幌で郵便局の会議があった折、幸田露伴が郵便局員だったことを知ったときは驚いた。

思い立って余市を訪れたのは、保存されているという露伴自筆の電報受信紙を見たかったからだ。だが、初めて訪ねる余市は遠かった。

かつてはニシンの漁場としてその名を馳せた余市だが、その後は竹鶴政孝・リタ夫妻が興したウィスキーの蒸溜所として、近年はワインの産地としても名を得つつある。数年前はＮＨＫの通称朝ドラ「マッサン」の舞台として人気を集めた。

七月最初の日曜日は余市北海ソーラン祭りと花火大会の当日。華やいだ雰囲気の駅前から二二九号線を進み、余市川を越えて間もない右手の小高い丘上に目的の水産博物館はある。

案内を乞うや挨拶もそこそこに、浅野敏昭館長から、余市町指定文化財である「幸田露伴自筆の電報送達紙」を見せて貰い（常設展示はしていない）、丁寧な説明を受けて資料を頂いた。

電文を書き出せば、

「イマフシチャクミナサマヘホチセヨ」であり、横の筆書きは、「今、無事着皆様へ報知セヨ」、となっている。余市の広報誌「余市町の文化財」に掲載されている説明によれば、

「露伴が余市に暮らした明治十年代後半はニシン漁の活況が続いていた時期で、定置網を経営

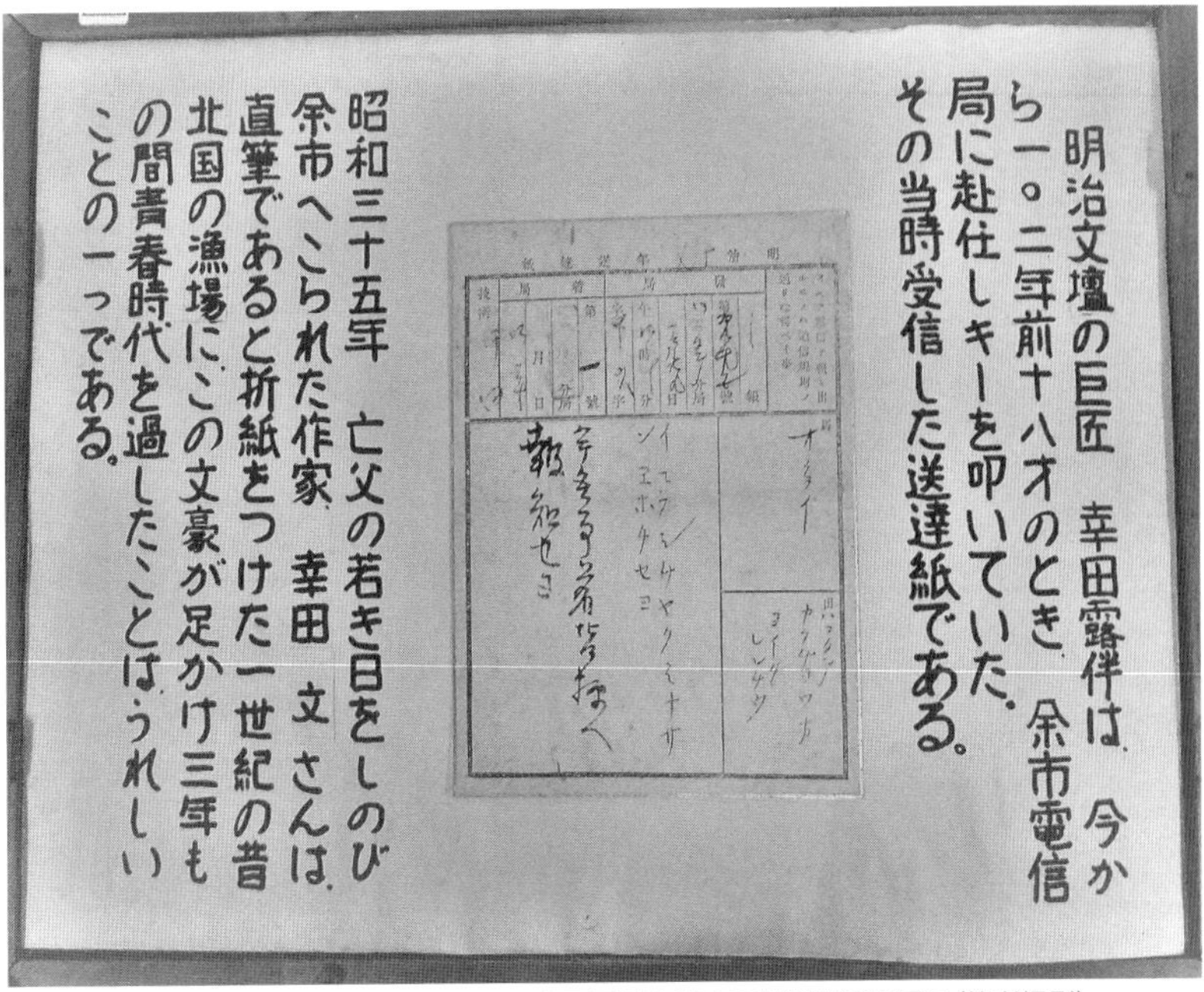
明治文壇の巨匠　幸田露伴は、今か
ら一〇二年前十八才のとき、余市電信
局に赴任しキーを叩いていた。
その当時受信した送達紙である。
昭和三十五年　亡父の若き日をしのび
余市へこられた作家、幸田　文　さんは、
直筆であると折紙をつけた一世紀の昔
北国の漁場にこの文豪が足かけ三年も
の間青春時代を過したことは、うれしい
ことの一つである。

余市水産博物館に保存されている幸田露伴自筆の電報送達紙の展示（筆者撮影）

する多くの漁家は、翌年の漁の労働力を確保するため東北地方に赴きました。成行青年が処理したこの電文は、そうした旅の途中にあった漁家或いはその関係者からふるさとへ向けて無事を伝えたものでしょうか。」となっている（成行は露伴の本名―著者注）。

　幸田家は幕臣だったが、維新で無禄になったことから成行は、逓信省が芝の汐留に設立した電信修技学校に給費生として入学した。卒業して実務研修を終えた翌年の明治十八年（一八八五）七月、十八歳の成行は判任官逓信省十等技手として、北海道の余市電信分局に赴任し、二年一ヶ月間勤務している。

　若き日のこの辺りについては、司馬遼太郎の著書『街道をゆく29　秋田県散歩、飛騨紀行』（朝日新聞出版）に、秋田県人で思想家、教育者であった狩野亨吉の記述に関連して紹介されている。ところが、である。成行は、明治二十年（一八八七）八月二十五日、身の回りを整理して、突然、余市を後にしたのである。余市を去るに際して、「一行李《こうり》[2]の書を典《てん》[3]し」と後に記している。ただ、各地に数日逗留《とうりゅう》[4]しては読書を重ね、旅費の工面をしながら続ける脱出行は、相当な難行苦行だったようだ。

　東京の自宅に帰着したのは九月二十九日なので、ひと月余かかったことになる。その顚末を記したのが後日の『突貫紀行』である。その冒頭部分（インターネット上の図書館、青空文庫版）に曰く、

「身には疾あり、胸には愁あり、悪因縁は逐えども去らず、未来に楽しき到着点の認めらるるなく、目前に痛き刺激物あり、慾あれども銭なく、望みあれども縁遠し、よし突貫してこの逆境を出でむと決したり。」。

　この文章からだけでは満二十歳の成行を突き動かした真意が何であるか分からない。折しも中央では坪内逍遥が文芸評論『小説神髄』を発表して評判になる。

余市郷土研究会によって建立された幸田露伴句碑（筆者撮影）

「（露伴は）本は大好きだから大いに読む。それを読んでじっとしていられなかった。」と、晩年の露伴から教えを受けたことがある柳田泉（近代文学研究者）が、後に『座談会明治大正文学史』の中で述べている。

余市で羽を伸ばしていた成行は、文学への断ち難い思いを改めて自覚したものと思われる。結果、職場放棄と給費生の義務である勤務年限不履行の故に、後に免官となっている。この道中で得た句「里遠しいざ露と寝む草枕」から露伴の名前を得たとされるが、『突貫紀行』の中にこの句は見当たらない。

ただ、露伴にとって、余市での二年一ヶ月は忘れられないことであったようだ。娘で随筆家の幸田文に「ツートントンの娘である」

と、よく言い聞かせていたとか。平成二十五年十二月号の月刊「文藝春秋」に、曽孫である青木奈緒さんが投稿した随筆の中で披露されている。

露伴は俳句にも通暁しており、大正十三年（一九二四）から昭和二十四年（一九四九）にかけて『評釈芭蕉七部集』を完成させている。「春霞国のへたてはなかりけり」、「名月や露の流るる鉄兜」など多くの句作があり、『蝸牛庵句集』が編まれている。

余市には、在任中に詠んだと思われる句の石碑が建立されている。

　塩鮭[5]のあ幾《ぎ》と風吹く寒さかな

一風変わった台座の石組みは、ローソク岩やシリパ岬など、奇勝奇岩にも恵まれた余市の海を表現しているとのこと。

入学して卒業まで在学したのは、東京師範学校付属小学校と電信修技学校だけの露伴だが、京都帝国大学が開校されると、教授として招聘され、国文学科で日本文学史を講じている。

前出の『街道をゆく』で、司馬遼太郎をして、「明治の文壇にあっては卓越した教養人で学問も深かった」と、経済学者の小泉信三をして、「百年に一人の頭脳」と、夫々言わしめた幸田露伴は、凡愚の想像を超える智の巨人だったのであろう。

文豪たちの俳句と電報　幸田露伴

＊本稿作成に際しては、増田博治氏のブログ「モールス音響通信」から多くのヒントと教示を得た。

注1　判任官　明治二年以来の官吏（公務員）の身分。高等官の下に位したが、昭和二一年に廃止された。

注2　行李　竹や柳の枝で編まれた箱型の物入のこと。

注3　典し　質に入れること。

注4　逗留　滞在すること。

注5　塩鮭　「鮏」は「鮭」の本字。「あ幾と」は魚の上顎の部分のこと。

松本清張

旅行作家の岡村直樹は、著書『「清張」を乗る昭和三十年代の鉄道シーンを探して』（交通新聞社新書）の「始めに」で、「何でもかでも昔は良かった、と言ってみたところで始まらない。それはわきまえているつもりだけれど、やはり懐旧の情もだしがたい。三〇年代へのオマージュ（賛辞）のつもりで、本書の筆を執った。昔を偲ぶよすがとなれば幸いである。」と記している。

松本清張の代表作の一つである『点と線』は、日本交通公社（現ＪＴＢ）発行の雑誌「旅」に、昭和三十二年（一九五七）二月から一年間にわたって掲載された鉄道が舞台のミステリー連載小説である。

私は、父、伯叔父とも鉄道省の役人という鉄道一家に生まれた。父は比島《フイリピン》鉄道に司政官として派遣され殉職したが、伯叔父は公社化後も国鉄勤務だった。昭和三十三年に私は九州大学に入り、鉄道弘済会の福岡学生寮から通った。しかも『点と線』の情死死体現場の香椎は大学からそう遠くない。ここまで揃えば、入学した年に光文社から単行本として出た長編推理小説

『点と線』は、ただ面白い本だった、清張は凄い、だけで済む筈がない。

『点と線』以後、暫く、私は清張作品に夢中になった。だが、ときどき読む途中で本を閉じることが一再ならずあった。清張の、特に社会推理小説はどれも暗くて救いがない。決まって最後は底なし沼に嵌るか、崖から突き落とされたような気分になるからである。

「動機よりも謎解きにウエイトを置いた」と、あとがきに清張自身が書いている『点と線』は、暗さからすれば黄昏程度だ。動機とその背景を生む社会の根源に、更には人間の深層心理や業に、清張のペンがウエイトを置くようになると、日はとっぷり暮れる。短編の『菊枕　ぬい女略歴』や長編の『砂の器』（初版本）を読み終えたときは、暫くの間、気持ちが滅入った。

松本清張『点と線』（昭和33年刊の完全復刻本〔平成17年光文社〕）

　社会派推理小説では最早古典なので、野暮を承知で、『点と線』を超手短に一気に紹介すれば、

「某中央官庁の汚職事件に関連して、

担当課の佐山憲一課長補佐と赤坂の割烹小雪で働くお時を、偽装心中に仕立てて殺害した機械工具商会を経営する安田辰郎夫婦の、時刻表に基づく鉄壁のアリバイを、福岡署の鳥飼重太郎刑事と警視庁捜査第二課の三原紀一警部補が崩していく」

というプロットである。

時刻表や列車の運行状況、更に全国各地の駅名などは、昭和三十二年（一九五七）十二月に日本交通公社が発行した実際の時刻表が使われている。謎を解く重要なカギに、時刻表が生んだ東京駅での「四分間の見通し」がある。佐山とお時が心中する数日前、東京駅で二人を見たという目撃者のいたプラットホームから、二人がいたプラットホームが見通せるのは、一日のうちわずか四分だったことから、三原警部補は目撃者の安田に疑念を深めていくのだ。若い頃から旅への強い憧れがあった清張は、自らが発見したこの四分間ありきで、『点と線』を書いたと「あとがき」で述べている。然れば、『点と線』の主役は時刻表であり、安田夫婦が敵役、鳥飼刑事と三原警部補は引き立て役、他の諸々は背景となる。

平成十七年（二〇〇五）に刊行された復刻版の『点と線』（上掲）を、五十九年ぶりに読み直してみて、改めて気が付いたことがある。それは、全般に亘って「電報」がよく使われていることだ。ただ使うだけではなく、トリック作りの重要な役割を電報が担っている。時刻表上では居る筈のない場所に、電報を使って存在させるという状況設定が、『点と線』の重要な鍵の一つになっている。電報を使ってのアリバイ作りだ。電報はまさに準主役級である。

因みに、電文や返電等も含めて、「電報」という用語が何回使われているか数えてみた。本文は全部で二百三十二頁だが、六十回出ている。電報という主語を省いた「打つ」、電報を想定した「配達」や「受発信」などを加えて数えるとゆうに八十回を超す。文中では、「…問題の電報はどこから打ったか。三原が札幌できいたとき、河西はその電報をやぶいてしまって手もとにないということだった。発信局名もうっかりして見なかったという。」と、極めて自然に使われている。このくだりは、鳥飼刑事からの手紙にヒントを得た三原警部補が、電報を使って安田が仕組んだ鉄壁のアリバイを崩すのに、確信を得た場面だ。

電報関連の言葉がこのように頻繁に使われているのは、当時、日常の連絡や情報通信手段として最も早くかつ確実なのは、電話ではなく電報だったことを物語っている。しかし、同時期に清張が週刊読売に連載した『眼の壁』では、電報ではなく〝交換手〟〝取り次ぎ〟という当時の電話事情を物語る言葉と共に「電話」が多用されている。時刻表を使ってのトリック作りには、記録が残る電報が不可欠だったのである。

北九州空港は周防灘の海上に造られた人工島だ。シャトルバスに乗り、日本一長い空港連絡

約700冊と言われる松本清張記念館に展示されている著書（筆者撮影）

橋から東九州自動車道に入る。深緑豊かな山間と二つのトンネルを抜けると約三十五分で小倉駅に着く。七月最後の土曜日、昼過ぎの小倉は暑かった。

北九州市立松本清張記念館は小倉城の玄関口にある。入り口は狭く薄暗いが、展示室入り口壁面のディスプレイが目を引く。外国での翻訳本も含めた約七百冊もの清張本の表紙が天井に至るまでぎっしりと展示されているのである。小野芳美学芸員の説明宜しきを得ながら、館内を一通り観賞させて貰ったが、清張の書斎や書庫をそっくり再現するなど、展示資料が豊富で充実しているのと、その独特な展示のスタイルは他の文学館に類を見ない。小倉の記念館まで足を運んだ理由の一つは、清張の俳句についての関わりを確かめたかったからだ。俳句に関連した清張最初の作品は、昭和二十八年（一九五三）の短編『菊枕　ぬい女略歴』である。小倉の女流俳人だった杉田久《ひさ》女《じょ》がモデルと言われるが、俳句は一句も出てこない。五年後の作品で短編『巻頭句の女』は、同人誌の世界が舞台なので頻繁に作中詠の俳句が出てくる。他にも『時間の習俗』や『喪失の儀礼』、そして俳人の橋本多佳子を描いたとされる『月光（当初題・花衣）』など、俳句の世界に大胆に切り込んだ作品が少なくない。

更に注目すべきは、酷薄非情な社会派推理小説に、俳句を愛好する人物をたびたび登場させていることである。『砂の器』での捜査本部の今西栄太郎刑事や、『眼の壁』で事件を追及する昭和電業の萩崎竜雄会計課次長は俳句愛好家という設定であり、作品中で次のような俳句を詠ませている。

北の旅海藍色に夏浅し　　今西栄太郎
一望の夏野に孤独なる日輪　　萩崎竜雄

作家としてのデビューは四十歳を過ぎてからの清張だが、句作には若い頃から興味を持っていたという。今回、俳句関連の作品を中心に清張作品を読み直してみた。どうやら清張は、俳句に興味があることに変わりはないようだ。ただ自句を探求するより、俳人たちが織り成す人間模様を描き出す方に、強い関心があったようである。展示場の一隅に、横山白虹《はっこう》[1]と二人で撮った写真がある。シャッターを押した森村誠一の影も写り込んでいる珍しい写真だが、清張と俳句との、付かず離れずの関係を収めているような気がした。

昭和二十九年（一九五四）四月発行の別冊「文藝春秋」第三十九号に、ユーモア作家の玉川一郎の「薫風の文壇句會」という一文がある。句会の結果も披露されていて、番外に、三好達治や中村汀女などと並んで清張の一句が出ている。

子に教へ自らも噛む木の芽かな

清張の社会派推理小説からは想像し難い、微笑ましく温かい句のように私には思えた。小野学芸員から教示を得た貴重な資料である。記念館に来て改めて分かったことは、自分では清張をある程度読んだつもりだったが、実は幅広く夥しい作品のほんの一部だけしか読んでいなかったことだ。小倉にはまた行ってみたいと思っている。

注1　横山白虹　小倉の医師。小倉市会議長も務めた。俳句誌「自鳴鐘」を主宰、「天狼」同人。一九七三年には現代俳句協会会長にも就任している。

夏目漱石

平成二十九年（二〇一七）は夏目漱石生誕百五十年に当たることから、各地で記念行事が行われ、各種報道がなされた。改めて、明治の文豪・夏目漱石の国民的な根強い人気が窺える。

京都教育大学名誉教授で俳人の坪内稔典《としのり》1は、「夏目漱石は作家になる前は俳人だった。特に英語の教師として赴任した松山時代から熊本時代にかけて、友人・正岡子規の影響もあって、句作に熱中し、新進の俳人として時めいていた。」と言う。そして著書『俳人漱石』（岩波新書）で、漱石の百句を俎上に載せて、時空を超えた鼎談（漱石・子規・稔典）を行っている。

自分の事よりも漱石の事の方が詳しいと自称する著者だけに、文豪漱石の側面が見え隠れして興味深い。

平成八年（一九九六）一月に岩波書店から発行された『漱石全集』第十七巻は、「俳句・詩歌」だ。俳句は逐年、通し番号付きで載っている。推敲が済んでいないような句も入っているが、最後は何と二五二七番に及ぶ。

漱石が作句を始めたのは子規との交友が深まった明治二十二年（一八八九）からで、全集の最初の頁には、正岡子規宛の手紙に記された、「帰ろふと泣かずに笑へ時鳥」、「聞かふとて誰も待たぬに時鳥」の二句だけが載っている。[2]

翌年、帝大文科に入学してからも俳句は散発的にしか詠んでいない。ところが、明治二十八年、新聞「日本」の特派員として、日清戦争の戦場取材に派遣されていた子規が、帰国の途中に喀血して、松山に一時帰省。漱石の下宿先に現れた子規を囲んで俳句談義が盛んになると、漱石の作句は急増する。

漱石全集から年を追って句数を拾うと、

明治27年（一八九四）　一三句（円覚寺塔頭で参禅）
明治28年（一八九五）　四六四句（教師として松山中学へ、子規帰省）
明治29年（一八九六）　五五二句（熊本の五高へ、鏡子と結婚）
明治30年（一八九七）　二八八句（父直克死去）
明治31年（一八九八）　一〇三句（鏡子体調不良）
明治32年（一八九九）　三五〇句（長女・筆子誕生）
明治33年（一九〇〇）　一九句（英国留学）

松山と熊本に住んでいた約五年間に、夫々の近郊や久留米など九州各地を訪ねて、生涯に作

新宿区立漱石山房記念館（筆者撮影）

句した句の七割に及ぶ一七五七句を詠んでいる。それらの句の多くは「子規へ送りたる句稿」であり、子規の句評を得るために手紙にして送っているのである。

夏目家の菩提寺である文京区小石川の本法寺は、わが家から北へ徒歩一〇分の距離だ。境内の一隅に、「展先妣墓《てんせんぴぼ》」、として、第十四代早大総長・奥島孝康の揮毫による「梅の花不肖なれども梅の花」の句碑がある。『坊っちゃん』に登場する主人公の家の女中、清の墓は「小日向の養源寺」となっているが、本法寺がモデルと言われている。

また、わが家から西へ徒歩二〇分の漱石公園には、予て新宿区が建設中だった漱石山房記念館が平成二十九年（二〇一七）九月二十四日、オープンした。国民的作家である夏目漱石に相応しい本格的な文学記念館だ。入り口の石碑に、「肩に来て人なつかしや赤蜻蛉」の句がある。

松山や熊本など漱石ゆかりの地には多くの句碑がある。句碑を建立した人や団体の動機や背景は各碑各様のようだが、費用と手間や時間もかかるだけに、そう容易なことではない。一体、「俳人漱石」の句碑は、何処に何基あるのか調べることにした。

因みに句碑と言えば芭蕉抜きでは語れない。先ず、芭蕉は生涯で何句詠んだのか（当時は俳諧であり発句）。日本俳句研究会のホームページは、確認されたものだけで九八二句、ただ、芭蕉の句と思しき句が他に数百あるとする。因みに、角川ソフィア文庫の『芭蕉全句集』には九八三句が載っている。

芭蕉の句碑については、巻に研究者がいた。十二年かけて、全国津々浦々に点在する芭蕉塚（句碑・塚碑・文学碑等）を、寝具を積んだ軽自動車で訪れ、三二三九基を現地調査したとあるから凄い。平成十六年（二〇〇四）に発行された著書、『石に刻まれた芭蕉』（智書房）は、全ての碑をカラー写真で紹介した元高校教師・弘中孝の労大作である。縦三十センチ、横二十一センチ、厚さが三センチある五百ページの大型本だ。上質紙を使っているので一・八キロもある。

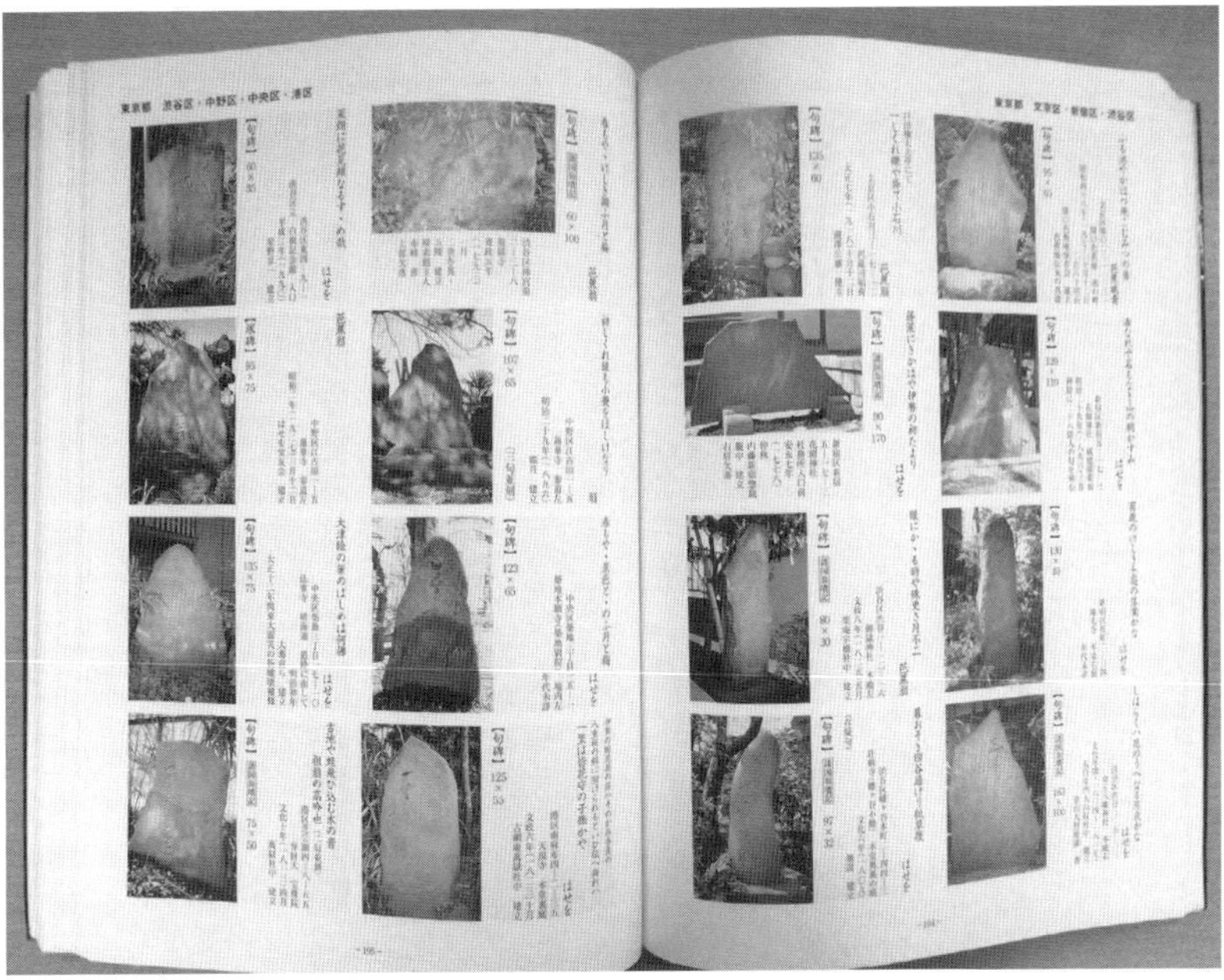

弘中孝著『石に刻まれた芭蕉』（智書房　全国芭蕉句碑・塚碑・文学碑等調査会）

同著によれば、芭蕉の句碑は沖縄を除く全都道府県に二九四一基あり、最多は長野の三一三基で次が群馬。最少は北海道と鹿児島の二基。

句碑に刻まれた句で最も多いのは「古池や蛙飛び込む水の音」の一四六基で、断然、他を圧している。

最古は、名古屋の笠覆寺《りゅうふくじ》にある享保十四年（一七二九）の建立で、以後、平成十五年（二〇〇三）までの二七五年間に、毎年数基から十数基が建っている。百回忌や奥の細道三百年、三百回忌などの記念年前後には百基単位で建てられている。何故、芭蕉の句碑はかくも多いのか。

芭蕉の蕉風俳諧を受け継いだ後世の俳諧宗匠たちが、年忌法要毎に勧進《かんじん》[4]行脚や興行句会を盛んに行った。俳諧は大衆化、娯楽化して行く一方で、芭蕉を神聖化するなどの社会現象が句碑増加の背景にはあった。

漱石の句碑は未だ調査中だが、これまでに関東以西に六十一基あることが分かった。最も多いのは愛媛で、松山市石手と松山東高の碑、「御立ちやる可御立ちやれ新酒菊の花」など十七基。熊本は西区鎌研坂《かまとぎさか》に立つ、「木瓜《ぼけ》咲くや漱石拙《せつ》を守るべく」などの十六基。福岡は久留米市の、「菜の花の遥かに黄なり筑後川」などの九基である。大分の六基、岡山の二基以外は一基で、十五都府県に亘っている。作家になる前の、「俳人」として句作に精力的だった松山・熊本時代ゆかりの地に、句碑が圧倒的に多いのは当然であろう。

関東では、松山に赴任する前年の暮れ、鎌倉円覚寺の塔頭帰源院で参禅しており、その折の句、「佛性《ぶっしょう》は白き桔梗《ききょう》にこそあらめ」が同院境内で句碑になっている。

京都には、晩年の作だが、御池大橋西詰南側に、「木屋町に宿をとりて川向うの御多佳さん[5]に」、と前書きした「春の川を隔てゝ男女《おとこおみな》哉」という句碑がある。約束の行き違いから、北野天満宮の梅見が出来なかったことを巡っての句とされるが、漱石の句には珍しく微かに色香の気配が漂っている。

鎌倉円覚寺塔頭帰源院にある漱石句碑（筆者撮影）

作家として名を成した漱石だが、文学碑よりも句碑が圧倒的に多い。これ程多い作家も寡聞にして他に例を見ない。

子規に書簡で批評を求めていた頃の作句には、月並みや独りよがりの句が少なくない。ただ、土地や止宿先でよく詠んだ挨拶句は、誰にでも分かり易く親しみが持てる句が多い。「漱石」という筆名[6]が示す通り、本当は相当に意地っ張りだが内弁慶、自他に誠実で義理堅い性格であることから、周囲にはよく人が集まったという。

かてて加えて、句作に励んだ頃の漱石は一介の教師であり、詠んだ句も子規に評を求めた程であった。それがロンドンから東京に戻ると『吾輩は猫である』に次いで『坊っちゃん』、『草枕』等々の小説を次々と発表、「作家」としてたちまち文壇の高みに躍り出たのである。教師時代にゆかりの人たちが喜ばぬはずがない。教師時代に詠んだ句も、作家としての評判が高くなるにつれて、多くの人の目や耳に入るようになる。名句も初めから名句として生まれるわけではない。様々な人の鑑賞や評判を糧に句も成長するのである。そして最後は句碑に「出世」する。而《しこう》して漱石ゆかりの地では、作家漱石の名声が上がるに連れて、句碑が増えていくのである。

もう一つのテーマ、電報を忘れた訳ではない。

「門」を連載中の明治四十三年（一九一〇）八月、漱石は胃疾患療養のため修善寺菊屋旅館に滞在するが、大吐血し一時人事不省に陥る。その後の作風や人生観に大きな影響を与えた「修善寺の大患」だ。学習院大学名誉教授・十川信介の『夏目漱石』（岩波新書）や修善寺在住の元高校教師、中山高明氏の『夏目漱石の修善寺』（静岡新聞社）などに詳しい。

中山高明氏は、「坂元雷鳥は鏡子と相談のうえ、十一時頃までかかって東京朝日新聞社に『シュゼンジキクヤセンセイキトク』といったウナ電[7]を打った。（中略）その数は三十余通」と記す。

漱石関連で電文が伝えられているのはこれだけである。漱石は作品中でも、例えば『三四郎』では、主人公の同郷の先輩、野々宮君との会話などに電報云々と使っている。が、高浜虚子のように電報で俳句などを送ったような記録はない。
漱石は夏目家の五男だが、二十九歳で早世した次兄の直則は、電信修技学校を出て各地の電信局に勤めていた。余市の電信局に勤務していた幸田露伴を偲ばせるが、幕末から明治にかけて禄を失った士族の教育や職業事情の一端を物語っている。

注1　稔典　「としのり」は本名。俳号は「ねんてん」。
注2　子規　時鳥（ほととぎす）の別名。時鳥は口の中が赤く、血を吐いたように見えることから、結核を患っていた自らを重ね合わせて、「子規」を俳号にしたという。
注3　展先妣墓　「展墓」は「墓参」と同義。「先妣」は「亡き母」の意。
注4　勧進　寄付を募ること。
注5　御多佳さん　祇園のお茶屋「大友（だいとも）」の女将・磯田多佳。
注6　漱石　「枕石漱流」（石を枕に、流れで口を漱ぐ）と言うべきところを、「枕流漱石」と言い違えたが、誤りを認めず言い繕った古代中国・晋の孫楚（生年不詳～二九三）の故事に因る。
注7　ウナ電　至急電報の略。URGENTのUとRが、モールス信号の日本語表記ではウとナに該当することに因る。

電報と俳句の戦争と平和 ― 電報の盛衰 ―

電気通信で伝送し、紙に印刷して配達する電報の出現は、驚きを以って歓迎された。江戸時代の早飛脚や明治に制度化された郵便に較べて、信じられない速さで届いたからだ。ただ、仕組みの属性として字の数が増すと料金が高くなる。そこで、字数を出来るだけ減らして文章を短縮する工夫が社会現象化した。「カネオクレ」は短い電報の代表としてあまねく有名だ。しかし誰が最初にこの文句で電報を打ったのかは残念ながら記録がない。

「カネオクレ」と同じ内容の電報を、慶応三年（一八六七）七月、初代駐フランス公使の向山一履（黄村）が、パリから勘定奉行の小栗忠順宛に送っている。[1] 電文（訳文）は「クーレーより金あらず直ちにオリエンタルバンクに為替組むべし向山」だ。

日本の万国博覧会初参加は、慶応三年のパリ万博である。ナポレオン三世の招きに応じた幕府は、将軍慶喜の異母弟で十四歳の徳川昭武を名代とする使節団を派遣した。

当時外国奉行の向山も一員として旧暦一月、横浜港から出発する。インド洋から紅海、地中海を経てパリまで船と汽車を使い、二ヶ月かけて一行はパリに着く。処が、あろうことか先着した薩摩藩家老の岩下佐次右衛門が既に薩摩藩・琉球王国として出展しようとしていた。悶着の末、薩摩藩の代理人シャルル・ド・モンブラン伯爵の画策もあり、夫々「大君政府」と「薩摩太守政府」の名前で出展することになる。佐賀藩も「肥前太守政府」として出展したことから、フランス各紙は、日本国は連邦制であり、大君政府はその中の有力大名に過ぎないと報じた。その結果、前年来日したフランス経済使節クーレーと小栗忠順の間で成立した六百万ドルの借款契約が流れた。金策に窮した向山が小栗宛に打電したのである。

電報は、ロンドンから大西洋横断海底ケーブルでアメリカ・サンフランシスコのオリエンタル銀行へ。更に船便でひと月かけて日本に着いた。迅速さでは未だしの感はあるが、国際電報第一号でもある。

もう一通、明治九年（一八七六）十月二十四日、熊本で起きた士族の蜂起、神風連の乱（敬神党の乱とも）で有名になった「ダンナワイケナイワタシハテキズ」（旦那は亡くなった、私はケガをしている）も、短文で的を射た電報の例だ。薩摩藩士だった熊本鎮台司令官の種田政明は、就寝中に神風連の高津運記隊長の一隊に襲われて殺害される。その折り、騒動に巻き込

西南の役　軍用電信架設風景（熊本二本木付近）

明治十年送達紙

発局：スベテ電信ヲ頼ミ出ルモノハ通信規則ノ通リ心得ベキ事
官報
第六号
ツキシ分局
二月二十二日
午前十時三十五分
字数四十二字

着局：第六号
長崎分局
二月二十二日

技術　吉田

届　ナガサキ　ケンレイ　カキトメ

出　トウケイ　ダジヨウクワン

クマモトノデンセンタ
エタリヨツテクマモト
センソウノモヨウイチ
イチデンホウアレ
熊本ノ電線絶エタリ依
テ熊本戦争ノ模様一々
電報アレ

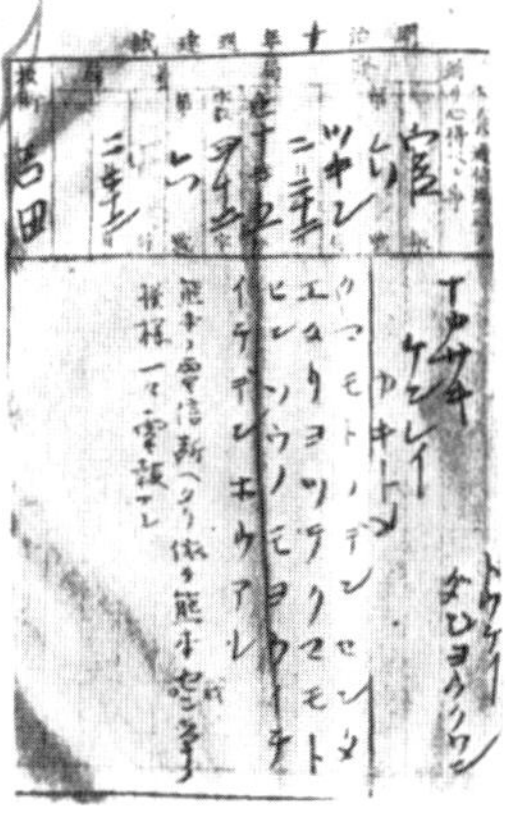

西南戦争中の軍用電線架設風景（熊本二本木付近）と当時の電報（田中信義編著『カナモジでつづる西南戦争-西南戦争電報録-』〔国立国会図書館蔵〕より）

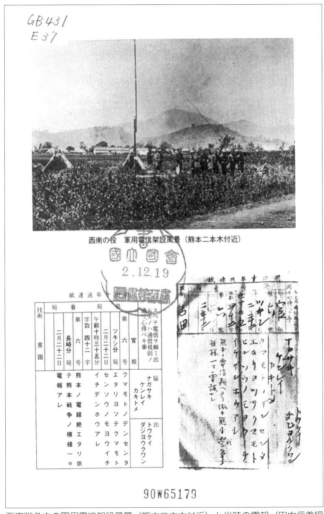

軍を圧倒していた。当時、両軍とも諜報活動の主役は、昔ながらの密偵（スパイ）と斥候《せっこう》[3]だった。だが、その情報の伝達や指示などの連絡手段は、西郷軍が伝令頼りだったのに対して、政府軍は軍用電線仮設を進めながら電報を盛んに活用したのである。伝令だけでは状況の変化に即応すべくもなく、西郷軍は情報戦では緒戦から敗れていた。そして、兵器や装備、兵站《へいたん》[4]の劣後など、絶対的不利な状況の下で、各地での戦闘に臨んだことになる。

「カネオクレ」や「ダンナワ…」の件は、大塚虎之助著『日本電信情報史極秘電報に見る戦争と平和』（熊本出版文化会館発行）に詳記がある。同著によれば、日清戦争から太平洋戦争に至る間の国際紛争や戦争の重大な局面において、電報による極秘情報が如何に重要な役割を果たしたかが窺える。

九月末日、秋日和の昼下がり。芦屋の閑静な住宅地は時計が止まっていた。以前、高浜虚子の取材をした折り、貴重な資料の送付を受けた虚子記念文学館を訪ねたのである。山脇多代司書から、虚子と電報に関する更なる資料と懇切な教示を得た。

明治四十一年（一九〇八）九月十四日、虚子宛に修善寺に逗留中の俳人で夏目漱石門下生の松根東洋城から、漱石の猫の訃を告げる電報が入った。虚子は「ワガハイノカイミョウモナキス、キカナ」と返電している。漱石のデビュー作「吾輩は猫である」は、虚子主宰の句誌「ホトトギス」の連載だったからだ。

虚子は旧松山藩士の池内家に生まれたが、九歳の時に母方の高浜家の養子になった。虚子の次男で後に日本の音楽教育に多大な影響を与える作曲家の友次郎は、少年時代に虚子生家の池内家を継いでいる。その友次郎は、昭和九年（一九三四）三月、北米経由でパリに留学するため、氷川丸でカナダのバンクーバーに向かった。太平洋横断中の船上で船舶無線を利用して、虚子と次のような句の遣り取りをしている。

虚子より友次郎へ
ニッポンハソノノチハルノユキ五スン
友次郎より虚子へ
ハナマダキユキノヒトヒモヨカラズヤ
虚子より友次郎へ（再び）
ナヌカニハバンクーバーノハルノヤマ

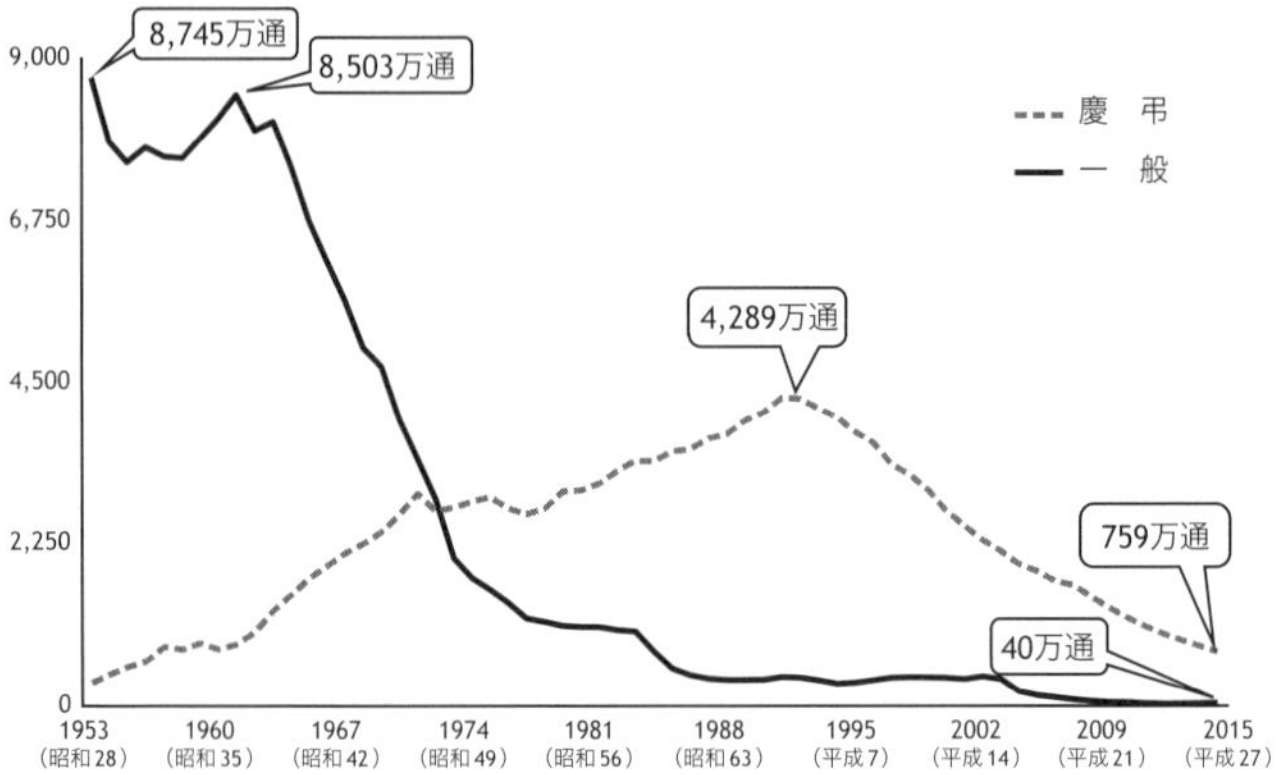

電報発信通数の推移。NTT東日本・企業情報・資料編より

養子に出した子を思う親と、実父を慕う子の気持ちを、電報が介する心温まる風景だ。

また、昭和十六年（一九四一）五月、虚子の次女で句誌「玉藻」を主宰する星野立子が病を得ると、「一日一電」という俳句電報で見舞っている。作家や歌人、俳人など文筆家で、日常生活から創作活動に至るまでこれ程電報を多用したのは、虚子が最初で最後であろう。俳句電報は、緊急事態を報せる電報や軍用電報などとは、全く異次元の空間を醸し出している。武器にもなる電報の、平和にして文化的活用である。電報も、まさか俳句を運ぶとは思っていなかったに違いない。

明治二年（一八六九）から始まった電報は、大正から昭和にかけて発信通数が急激に伸びる。西南戦争当時に年間、八十五万通だったが、昭和十年（一九三五）には六千二四〇万通と七十三倍余になった。

先の終戦前後は電報も大きく減るが、復旧が進むにつれて急速に増加する。

一般電報の取扱い通数のピークは昭和二十八年（一九五三）の八千七四五万通である。当時の総人口は約九千六百万人、約二千七百万世帯だ。単純計算で、年間、一家で三〜四通、一般電報を打っていた勘定だ。だが昭和三十年代に入り電話の普及が進むと、一般電報は急激に減り始める。昭和五十年代後半からは、慶弔以外で一般に電報を使うことは稀になった。

直近の平成二十七年（二〇一五）、一般電報は四十万通で、ピーク時の九十五％減である。かつて、「電報です」と、電報配達人に玄関を叩かれたとき一瞬よぎった、得も言われぬ不安な気持ちは、遠い記憶の果てに去ろうとしている。

通信送達のリレーで例えるなら、早飛脚からバトンを受けて快走した電報だったが、途中でバトンを電話に渡し、いまはスマホが疾走中、ということだろう。一般に使われた電報が担ってきた役割は歴史になった。小諸城址の懐古園にある若山牧水の歌碑が頭をよぎる。

かたはらに秋ぐさの花かたるらくほろびしものはなつかしきかな

注1　徳川昭武滞欧記録第一、慶應三丁卯年の四に記載がある。
注2　明治九年十一月四日付の「仮名読新聞」が報じている。
注3　斥候　敵の状態や地形などを偵察するために部隊が派遣する兵士のこと。
注4　兵站　最前線の戦闘部隊をバックアップする組織と施設のこと。

想い出の昭和
サザエさんと人間の月面着陸

　年号を西暦で書くことが多くなったせいか、二年目になっても年号で記入するときは未だに〝れいわ〟と呟きながら書いている。平成に変わった三十一年前も、年号を書くたびに一瞬戸惑ったが、それは書き出しの字が「昭」から「平」になったからだけではない。生まれてから五十年余、「昭和」にどっぷり浸かって暮らしてきたからだ。

「日経新聞」の土曜版NIKKEIプラス1でフリーライター福光恵さんのコラム「時は流れても若いまま」(平成二十五年（二〇一三）八月二十四日付連載「コトバ百貨店」)を読んだとき、言われてみれば確かにその通りと、頷いた。

「若いときは、古くさい昭和歌謡に酔いしれる年長者に悪趣味と毒づいた。だが、気がついたら自分も『思い出のメロディー』を見ながら昔のアイドルと一緒に、当時のヒットソングを口ずさんでいた」と福光さんは言うのである。古くさい、は頂けないが、昭和恋々たる身には確かに覚えのある情景だ。更に、「時間は流れているが、アニメなどの世界には『サザエさん時空』という都合のいい時間がある。国民的アニメ『サザエさん』に見られる時間の流れのことで、登場人物は年を取らず時代だけが変わっていくねじれた設定のこと」と解説する。

玉手箱を開ける前の浦島太郎のように、竜宮城から帰って来たら、自分だけが昔のままで、周りは知らない人ばかりという「独り時空」というのは御免蒙りたい。だが、「サザエさん時空」なら、ねじれであっても大いに結構。出来ることなら、期間限定かときどきの夢の中でも、サザエさん一家のようなそれぞれの年代に戻ってみたい、と思うのは私だけだろうか。

コラムは続くのである。

「主人公のサザエさんは、アニメ開始の四十数年前から二十四歳のまんま。波平の髪の本数には増減はないし、花沢さんはカツオとの結婚を夢見ながらまだ小学生をやっている。一方、最近は携帯電話を使う場面が登場するなど、時代は進んでいる様子。長寿化したアニメの必然といわれ、ほかに『こち亀』、『コナン』なども、サザエさん時空の代表作とされる。」

平成が三十年（二〇一八）になって、冬晴れが続く正月明けの或る昼下がり、世田谷区桜新町にある長谷川町子美術館を訪ねた。

東急田園都市線の桜新町駅で下車して、地下のプラットホームから地上に出ると、銅像になったサザエさん一家が迎えてくれた。美術館への道筋、商店街通りは、先年、「中通り」から「サザエさん通り」に改称されたという。通りの角からサザエさんがひょっこり出てきそうな雰囲気が、今なお残されている。

美術館は、どっしりとしていて落ち着いた感があり、丁寧に積まれた様子が窺えるレンガ造りの外壁が何やら好ましい感じがする。少し引っ込んだ入り口から入り、受付で入場料六百円を出すと、

「あのー、六十五歳を超えていらっしゃるでしょうか…」と控えめに年齢を問われる。訝りながら、「ええ、もうすぐ八十歳ですが…」と答えると、にっこり笑って百円返してくれた。免許証を提示せずに料金を割り引いて貰ったのは初めてのことだ。よく見ると、その旨の表示がある。

予て、気持ちのうえでは高齢割引など無用の親切と強がっているのだが、やはり様子がそれらしく見えるのだなと思いながらも少しいい気分がした。

入場してみて、記念館ではなく美術館であることが、恥ずかしながら初めて分かった。一階、二階にある売店と町子コーナー以外の壁面は、「日本美術院の画家たち」と銘打った町子コレクションを展示中だった。受付で貰ったパンフレットを開くと、画家の展覧会で欲しくなった絵を手に入れるまでの経緯が、「私と美術館」と題した三十コマの漫画で生き生きと描かれて

いる。それがまた何ともユーモラスで楽しい。

突然の訪館だったが、幸いにも、橋本野乃子副館長と面談することができた。そして、藪から棒にも似た一方的な私の頼みを、快く聞いてくれたうえ、

「波平さんはときどき俳句を詠んでいたので、俳句が出ている作品はあります。ただ、電報はどうだったでしょうか。調べてみてあるようでしたら連絡します。」と親切な応対をしてくれたのである。

そして翌日、早速、俳句と電報がテーマになっている四コマ漫画が十四本程ある旨の連絡があった。朝日新聞社から発行された単行本『サザエさん』全四十五巻にある、とのこと。改めて俳句から見せて貰うことにした。

人類が初めて月面に足跡を残したのは、昭和四十四年（一九六九）七月二十日、アメリカのアポロ十一号計画での月着陸船イーグル号による。アームストロング船長とオルドリン操縦士が、記念すべき人類最初の第一歩を印したのだった。

暫くは世界中が月面着陸の話題で沸騰した。今では、現実味を帯びてきた月面旅行だが、当事はまだ夢物語だったのである。そして、アームストロング船長が月に降り立った時の第一声、

「これは一人の人間にとっては小さな一歩だが、人類にとっては偉大な飛躍である。」

という感動的なフレーズは、その後、世界中で繰り返し語り継がれることになる。

舞台は変わって地球上の日本。古来、俳人たちは四季折々の月を望みながら多くの名句を吟

月世界旅行 ©長谷川町子美術館

じた。生涯に九百八十三句を残し俳聖といわれる芭蕉だが、月を詠んだ句では、

名月や池をめぐりて夜もすがら

があまねく有名だ。名月や三日月、更に十六夜などを入れると「月」を詠んだ句は九十九句に及ぶ。（『芭蕉全句集』角川ソフィア文庫版）

松尾芭蕉（一六四四―一六九四）から時代を少し下れば、

菜の花や月は東に日は西に　　与謝蕪村（一七一六―一七八四）

名月を取ってくれろと泣く子かな　　小林一茶（一七六三―一八二八）

など、学校の教科書でもお馴染みの句がある。更にうんと時代を飛ばすと、

一燈なく唐招提寺月明に　　橋本多佳子（一八九九―一九六三）

月さして風鈴の影生まれけり　　清崎敏郎（一九二二―一九九九）

など、多くの清澄な秀句に出会う。

月は四季を通して詠まれていて季語の数も半端ではない。基本季語として「名月」が有名だが、別語に「満月」や「明月」、「十五夜」など十四語もある。（水原秋櫻子・加藤楸邨・山本

健吉監修『カラー図鑑　日本大歳時記』昭和五十八年刊行講談社座右版）

俳句をこよなく愛する波平さんにとって、火星のことは兎も角、月は風流や雪月花の世界のことなのである。かぐや姫が住み、ウサギが餅つきをする世界でなければならなかった。ところがある日突然、宇宙船が月面に到着して、アメリカ人が乗り降りしたというニュースが飛び込んできた。これまで思ってもいなかったことが出来《しゅったい》したのである。

この年の仲秋の名月は、波平さんにとって何となく気持ちの整理が付かないお月見だったようだ。

中村草田男と波平さん

手許の『広辞苑』（第五版　岩波書店）によれば、「学ぶ」の第一義は「まねてする」または「ならって行う」となっている。

用例として、『源氏物語』から、「わざとならひまなばねども」（帚木《ははきぎ》の巻）、『徒然草』から、「驥《き》をまなぶは驥のたぐひ、舜《しゅん》をまなぶは舜の徒《ともがら》なり」の例示がある。驥は、『漢語林』（大修館書店）によれば、中国の北方に産する良馬で、一日にして千里を駈ける駿馬のこと。舜は中国古代の五帝（五人の聖君）の一人、といわれる。どこか斜に構えているところがある兼好法師らしく、『徒然草』の八十五段では、『広辞苑』の例示のそのすぐ後に、「いつはりても賢を学ばんを賢といふべし」と結んでいる。

偽りなく親の行動を学ぶのは動物だろう。野生動物の仔が親の行動をまねながら、生きる術を習得していく様子を見れば、「学ぶ」は「まねてする」が転訛或いは進化したものというのは至極尤もなことである。生物学的にいえば「ヒト」は動物なので、人間も同じなのではないだろうか。ひょっとしたら最近話題の人工知能ロボットも同じかもしれない。芸術やスポーツ或いは習い事なども、すべからくスタートは真似ることから始まるのであろう。ただ、真似はあくまでも真似で、スタートであって決してゴールではない。

想い出の昭和　中村草田男と波平さん

波平さんの句作風景 ©長谷川町子美術館

俳句であれ短歌であれ、凡そ芸術や文学など創作の分野で、苦心の作品が盗用や盗作ではないかという汚名を着せられると、その世界では、致命的なことになる。それがプロであれば勿論、旦那芸のような素人の慰みごとであったとしても、極めて不名誉なことに間違いはない。

文芸雑誌「ホトトギス」の同人で、俳句雑誌「万緑」を主宰した中村草田男（本名・清一郎、一九〇一～一九八三）の代表作の一句に、

降る雪や明治は遠くなりにけり

がある。昭和六年（一九三一）、草田男三十歳のときの作という。この句について、草田男より先に、無名の少年、志賀芥子《かいし》が新聞に投稿した句、「獺祭忌《だっさい》明治は遠くなりにけり」[1]があり、その剽窃《ひょうせつ》ではないかと騒がれたことがある。作家の堀辰雄が昭和八年頃、改造社の座談会で述べたことから端を発したといわれるが、堀辰雄関係出版物にその形跡はないようだ。[2]更に芥子が何歳のときにどこの新聞に投句したのかという事実関係を証する一次情報にも、私はどうしても行き着けなかった。盗作か否かを別にして、「獺祭忌」を冠した明治と「降る雪や」のそれとでは、句の奥行きと広がりに、別世界を思わせる違いがある。草田男は明治三十四年

（一九〇一）の生まれだから、明治時代の空気は十年しか吸っていない。しかし疾風怒濤だった時代の大きなうねりを少年なりの感性で実感したに違いない。

歯科医師にして文筆家の長山靖生は、大正時代を「大帝没後」と喝破したが（『大帝没後—大正という時代を考える』新潮新書）、明治の遺産が富裕層を潤し、大衆文化の花が咲いたのが大正時代だ。草田男は多感な十代から二十代前半を、明治と昭和の狭間で束の間の光芒を放った大正時代で送っている。そして、世界恐慌（昭和四年〔一九二九〕）による不況や満州事変（昭和六年〔一九三一〕）を端として、日本の国際的な孤立が始まり、先が見通せなくなった昭和初期に詠んだのがこの句である。

草田男は、この句を収録した第一句集『長子』の跋（あとがき）に、「自己を全体（自然・人生・社会）の中で実現せしめることが唯一の信念である」という主旨のくだりを残しているが、宜なるかなと思う。

令和二年は、世界中の誰も想像すらしていなかった新型コロナウイルス禍で幕が開いた。東京オリンピックはカウントダウンに入ったが、異常気候や世界経済のブロック化、ＩＴの進展などなどによる社会の不確実性が高い時代になりそうだ。そんな令和の下で然るべき年月が過ぎた後に、比較的起伏が小さかった平成を挟んで、明治を超えるとも劣らず激動劇変した昭和に思いを致すとき、「降る雪や昭和は遠くなりにけり」という着せ替え句が、新しい命を得るのではないかと思っている。

推敲を重ねて捻り出した自信の句を、読み上げて聞かせる波平さん。満足そうな表情が丸くなった眉毛に出ている。それを、あろうことかカツオくんに、いとも簡単にオリジナリティを疑われ、波平さんの眉毛が今度はツリ上がった。そこへ不用意にも、出来栄えを否定するようなマスオ君の一言があったからさあ大変。火に油を注ぐことになった。怒りが収まらない波平さんを気遣いながら、白熱灯の柔らかい灯りの下で、家族全員がちゃぶ台を囲む夕食風景がある。

この漫画が描かれた頃は、みんな貧しかったけれど、今日よりも屹度《きっと》よくなる明日を夢見ながら、肩を寄せ合って暮らす家庭の団らんが、ここかしこにある時代だった。夕方になるとどこかの家のテレビが（当時は殆ど十四インチの白黒だったけれど）、決まってＮＨＫの夜七時のニュースの後に、連続ホームドラマ「バス通り裏」を映していた。中原美紗緒とダーク・ダックスが唄うテーマソングに乗って、魚を焼く匂いとみそ汁の香りが、路地に漂っていたあの昭和三十年代の、たそがれ時が懐かしい。

小さな庭をまんなかに、
おとなりの窓うちの窓、
いっしょに開く窓ならば、
ヤーこんにちはと手を振って、
こんなせまいバス通り裏にも
ぼくらの心がかよい合う

小さな花をまんなかに、
おとなりの窓うちの窓
むこうがとじた窓ならば、
なぜだろうかとふりかえる
こんなせまいバス通り裏にも
目にしむけむりが流れくる
筒井敬介・作詞「バス通り裏」より。

福岡市の銅像「町子さんとサザエさん」（筆者撮影）

余話がある。

サザエさんは福岡市の出身、というのは全国的にあまり知られていない。四コマ漫画サザエさんの初出は、終戦翌年の昭和二十一年（一九四六）四月二十二日、福岡の地方紙「夕刊フクニチ」だった。

長谷川町子一家は福岡市に住んでいたのである。平成十九年、当時の町子の住所地（福岡市早良区百道浜一丁目）に磯野広場が出来た。その後、広場に接する道路が「サザエさん通り」となり、サザエさん一家の看板や銅像が立った。

地下鉄西新駅から近いこの通りは、レンガ色の石畳で統一された西南学院大学の学園通りでもある。大学の博物館や元寇防塁跡（国指定の史跡）、福岡の街や博多湾を見渡せる福岡タワーなどもあり、歩くのが楽しい。

注1　獺祭忌　正岡子規の忌日。秋の季語。
注2　埼玉久喜図書館によるレファレンス事例詳細が、インターネット上の「レファレンス協同データベース」で公開されている。

電報配達とサザエさん

電報は名文や迷文を沢山残した。なかでも「カネオクレタノム」が特に有名だ。今ではパソコンやスマホの誤変換や文章の区切りをわざと違えて楽しむ「ぎなた読み」[1]の好例、「カネオクレタノム」として知られている。

そもそも毛筆書きの文章に句読点は付さない。テンやマルが使われたのは明治十年代からだ。各新聞も独自に使っていたが、明治三十九年、文部省は国定教科書の基準として「句読法案」を初めて公表している。

暗号や符牒以外で最も短い電文なら極め付きがある。昭和三十一年に日本が初めて南極に派遣した観測隊の一員、大塚正雄隊員が妻のツネ子さんから受け取った僅か三文字の年賀電報「アナタ」だ。南極基地との交信に使うことが許される字数に、厳しい制限があった時代だったからこそ生まれた、想いのこもった言葉であり、説明は不要だろう。

左頁の四コマ漫画の風景は、郵政事業が民営化される以前、郵便局がまだ郵政省という役所だったころの様子だ。能面のように無表情な窓口係員の応対が、事務的であることを旨とする

電報発信依頼風景　©長谷川町子美術館

役所の仕事ぶりをいみじくも表現していて妙である。

電話が一般に普及するようになったのは昭和も三十年代以降で、それまで遠距離間における唯一無二の緊急連絡手段は電報だった。

郵便局には電報配達人が詰めていて、ウナ電（至急電報）は、二十四時間、昼夜や時間を問わず配達されていた。

夜更けに急にサザエさんから「どうする？」といわれて、慎み深いフネさんが咄嗟に下した判断の被害者は波平さん。寝起きのとぼけた様子が何とも可笑しい。ウナ電は配達する方も大変だったけれど、受けとる側にもそれなりの心構えと用意が必要な、そんな時代があったのである。現在では、慶弔電以外で電報が配達されることは極めて稀になった。

〝ドンドン〟「デンポーでーす」に代わって、いまどき玄関でインターフォンが押されるのは〝ピンポーン〟「宅配便でーす」という時代だ。日によっては数回押されることもある。

序での話だが、宅配は自宅配達の略語で、「宅配便」は一般的な小口貨物の配達を指す普通名詞だ。よく耳にする「宅急便」はヤマト運輸が自社の宅配便を商標登録したもので、佐川急便は「飛脚宅配便」、日本郵便は「ゆうパック」、などの名称を付している。

話はそれるが、既に博物館物と思っていた洗濯板が今でも売れているという。ブナの木製中サイズ（１９センチ×３９．５センチ）の洗濯板とプラスチック製小型の盥《たらい》（３５センチ×３０センチ）を買い求め、学生寮時代を懐かしみながら肌着を洗ってみた。ふむー、である。盥は小さ過ぎた。洗うのには問題ないが、手で絞るので乾くのに時間がかかる。ただ、手軽に洗えるし省エネになるので、独り住まいや小家族にはお勧めだ。

想い出の昭和　電報配達とサザエさん

夜中の電報受け取り風景 ©長谷川町子美術館

洗濯は、その昔、人間が衣類を身に纏うようになってからずーっと続けられている不可欠な家事労働として今日に至っている。

ナイル川東岸ベニハッサンにある古代エジプトの墳墓壁画には、洗濯の動作「揉む、叩く、濯ぐ、絞る」が描かれている。容器や洗剤の改良を別にすれば、洗濯の仕方は長い間、大きな変化がなく過ぎていたようだ。

日本でも桃太郎の昔話や万葉和歌に洗濯の風景があるが、手法は、水辺や水場で踏む、叩く、揉む、晒すなど略同じ仕方だ。『今昔物語集』に、飛行の術中の久米の仙人が、女性の白い脛を見て、神通力を失い墜落する話がある。これをみると、若い女性が川辺で裾を捲って「踏んで」洗濯をしていた様子が窺える。

風景が変わったのは寛政九年（一七九七）のヨーロッパでギザギザの付いた洗濯板が発明されてからという。不思議なことに、発明した年まで分かっているのに誰の発明かは分からない。洗濯板が日本に伝来したのは明治の中頃で、以後、盥と共に洗濯には欠かせない道具となったのである。

洗濯板の発明以後の洗濯手法の大きな変化は、二十世紀に入った電気洗濯機の登場と、その進歩及び普及まで待たなければならない。

想い出の昭和　電報配達とサザエさん

慌てたサザエさんの電報受け取り風景 ©長谷川町子美術館

『歳時記（水原秋櫻子・加藤楸邨・山本健吉監修『カラー図鑑日本大歳時記』昭和五十八年講談社座右版）』に、「夜濯《よすすぎ》にありあふものをまとひけり」（森川暁水）という句の例示がある。「洗濯」は季語ではないが、夏場に洗濯はつきもの、夜濯は夏の季語だ。

洗濯板と盥で洗濯真っ最中のサザエさん。他に誰もいない磯野家。「でんぽーですよ！」と再呼され、洗濯中のサザエさんは思わず、（ありあわせの）ワンピース（を纏った気持ち）で、受け取りに出てしまった。

働き者で気のいいサザエさん。だが、ときどき天然振りを発揮しては、くすりと笑わせたり思わぬ吹き出し笑いを誘ったりする。

サザエさんバンザイ！

注1　ぎなた読み　「弁慶が、なぎなたをもって…」と読むべきところを、「弁慶がな、ぎなたをもって…」と読むように、句読点を間違えて読むこと。

俳句電報番外㈠　綱引きの不思議

平成三十年（二〇一八）五月十六日の「東京新聞」朝刊を繰っていたら、川崎市民と世田谷区民が五月二十日に「兵庫島の戦い」を行うことになったという。穏やかならざる見出しに出合い、目が点になった。読んでみると、神奈川の川崎市高津区と東京の世田谷区には「領土問題」があることが分かった。

埼玉県秩父市と山梨県甲州市（旧塩山市）の境にある笠取山南面を源流とする多摩川は、山梨・東京・神奈川の一都二県を流れる一級河川だ。東京湾に注ぎ込む下流域では、南岸を神奈川県、北岸を東京都とする都県境の役割を果たしている。ところが、上流から二子橋に至る手前の北岸にある兵庫島から、陸続きになっている河川敷の一部に、対岸川崎市高津区の飛び地がある。世田谷区役所玉川総合支所のまちづくり課・谷亀課長の説明によれば、「公式記録は調査中ではあるが、地図研究家・今尾恵介氏の研究では、多摩川を当時の東京府と神奈川県の境界と定めたのは明治四十五年（一九一二）とのこと。それ以後、たびたびの洪水と両岸の護岸や堤防工事などのために多摩川の流れが変わり、結果として現状のような飛び地が出来た」とのことである。つまり、地図上の川に府県境界線を引いた後に、川の形が変わった結果だそうだ。

世田谷区と川崎市は平成二十六年（二〇一四）に地域活性化などの連協定を結んでいるという。「東京新聞」の記事は、まちづくり団体などがこの飛び地に目を付けて、両住民の一層の交流と地域の活性化を図る新手として、「領土争い」の綱引きを中心に据えたイベントを企画実施することになった、ということなのである。

両岸の住民参加による、「領土」を懸けた綱引きの決戦は、五月二十日の日曜日、二子玉川駅近くの河川敷にある兵庫島で行われた。そのときの様子を放映したＴＯＫＹＯＭＸのニュースがユーチューブにアップされている。対戦を前に、保坂展人《のぶと》世田谷区長が揚げた気勢、「ここに川崎市があるのはおかしい、おかしい！取り戻せ！」が何とも楽しそうで笑いを誘っていた。綱引きの結果は、「世田谷区が川崎市に敗北〝領土〟を懸け、初の綱引き合戦」というニュース見出しの通り、川崎市が辛勝。両区市の境を示すポールが世田谷区側に一メートル移されたのである。

県境を挟んで綱引きを行う例は他にもみられる。静岡と長野の県境にある標高一一六五メートルの兵越峠《ひょうごしとうげ》で毎年十月に行われる「峠の国盗り綱引き合戦」は有名だ。片や浜松市水窪《みさくぼ》町、片や飯田市南信濃村からそれぞれ商工会青年部の強者十人ずつで引き合う綱引きで、令和元年

綱引き勝負だ

川崎市民 VS 世田谷区

区民と川崎市民が綱引きで力比べをする「多摩川綱引き大会」が二十日、初開催される。両区市は協定を結んで地域活性化に取り組んでおり、大会で交流と親睦を目指している。世田谷区長、川崎市長とも「決戦」に参加する。（小形佳奈）

大会は、東急田園都市線沿線のまちづくりに取り組むグループや町会関係者などでつくる実行委員会主催。会場の兵庫島公園は都と神奈川県の境界に隣接する世田谷区玉川にある。

「領土争い」に関係者の言葉も熱い。NPO法人「DT08」（川崎市高津区）の川崎泰之理事長(50)は「相手方の地で戦うだけに兵庫島を取りに行こうというモチベーションは高い」。一方、「二子玉川エリアマネジメンツ」（世田

対決の場となる兵庫島公園を背景に「ゆくゆくは多摩川をはさんで綱引きをしたい」と話す川崎さん＝川崎市で

地元会場での綱引きに必勝をう佐藤さん春と、カレーを提する村上さん＝世田谷区で

20日「兵庫島の戦い」　食対決も実施

当日は、子どもの部（五～八歳）、同（九～十二歳）、大人の部の三部門で五十㍍の綱を使って勝負する。その後、高津区側の河川敷に移動し「食対決」もあり、高津区のイタリア料理店「ニコルーチェ」のカレーと、世田谷区大蔵の村上ゆかさん提供のカレーを参加者が食べ比べ、投票する。

綱引きはホームページ(https://tamagawatsunahiki.peatix.com/)から申し込む。各部門先着三十人。食対決はカレー（二種類で六百円）、クラフトビール（同六百円）のそれぞれ当日先着二百人。

荒天時は綱引き中止、食対決は田園都市線二子新地駅近くのコミュニティースペース「にこぷら新地」で行う。大会に関する問い合わせは、にこぷら新地＝電044（712）5440＝へ。

2018年5月16日付「東京新聞」朝刊より

までの成績は遠州軍の十七勝十五敗で県境を示す立て札は二メートル、信州側に立てられているとのこと（遠州郷観光協会HP）。岩手県西和賀町と秋田県横手市にまたがる湯田温泉峡の巣郷温泉を舞台にして行われるのは、「いわて・あきた県境くにとり合戦」。「くりから夢街道　加賀・越中おもしろ源平大綱合戦」は、倶利伽羅峠の戦いに因んだ富山県小矢部《おやべ》町と石川県津幡町の綱引き合戦だ。福岡

県大牟田市と佐賀県三養基《みやき》郡の間を流れる筑後川の架橋上で行われる綱引きがある。県境フェスティバルと銘打つ、「天建寺橋大綱引き大会」は毎年五月に行われる。他にも、地域住民の交流や地域の活性化などのために企画されたイベントや、地域のお祭りの目玉として、大小さまざまな綱引きが行われている。

ユニークなのは、東京のオフィス街のど真ん中で行われる、「大手町・丸の内・有楽町仲通り綱引き大会」だ。平成三十年（二〇一八）は、五月二十一日（月）から週日の五日間で行われた。

欅や桂木、アメリカフウなど街路樹の若葉が勢いを増す五月の丸の内や大手町は、新入社員の顔にも落ち着きが見られ、日向も日蔭も心地よい。

そんなビジネス街で、月曜から金曜までの昼休みに、仲通りと大手町通りを通行止めにした三か所で、日本綱引き連盟の「綱引きのルール」に従って、四十五分間に次々と綱引きが行われたのである。大会は、綱引き本戦に参加の四十八組とエンジョイ部門参加の八組の合計五十六チームが熱戦を繰り広げた。

当日、予定の時間になると、ビルのあちこちから湧くように人が現れる。参加チームは、仲通りや大手町通り周辺の各種企業や法律事務所、監査法人、更には外国企業の日本法人などさまざま。各チーム八人の引き手も、若手社員から管理職と思しき初老の男女、更には外国人の姿もチラホラ見える。年齢や合計体重などはお構いなし。出で立ちも、職場のユニフォーム姿やワイシャツの腕まくり組、Tシャツ姿など、ばらばらでカラフルなこと夥しい。

などの連合審査会では、文書に記述があった当時の柳瀬唯夫・首相秘書官（現・経済産業審議官）が聞き取りに対して、学園関係者を特区担当の内閣府の藤原豊・地方創生推進室次長（当時）に「紹介していない」と話しているとも明かした。
閣議後記者会見では、官房副長官だった2015年2月に学園関係者と面会したとの記載が愛媛県の文書

島根原発
事前了解

中国電力は22日、建設中の島根原発3号機（松江市、出力137万3千キロワット）の稼働に向けた事前了解を立地自治体に申し入れた。東日本大震災時に建

オフィス街 熱い昼休み

東京・丸の内のオフィス街で昼休みを利用した綱引き大会が開催されている。本戦には、周辺の企業から40チーム以上が参加予定。背広を脱いだ男性や、そろいのTシャツを着た女性など各企業の代表選手たちが、仲間からの声援を受けながら、熱戦を繰り広げている。25日の決勝まで毎日、「丸の内仲通り」などで行われる。

丸の内、大手町、有楽町の三つのエリアでの予選を勝ち抜いた6チームが決勝戦に進み、優勝チームは現役プロレスラーとのエキシビションマッチを行う。

（林紗記）


2018年5月22日付「朝日新聞」夕刊より

　レーン（競技スペース）の両側には、円陣を組んで気勢を上げるチームや自社チームを応援する社員、通行中の観客などが立ち並ぶ。威勢のいい司会と公式審判員の捌き宜しきを得て、次々に綱引きが行われていく。予選の試合制限時間は一分だが、始まるや即決まる試合も多く、制限時間まで引き合い組は少ない。試合のたびに歓声や拍手また笑いが湧く。日ごろは無機質な音しかしない仲通りに、

ひとしきり明るい賑わいが満ちたのである。

仲通りの綱引きを見て気がついたことがある。それは、体格が立派で力のありそうな引き手が入っているチームが、常に勝つとは限らないことだ。世の中にはいつも奇特な人がいる。二十世紀初頭、フランスの農業工学者、M・リンゲルマンは、綱引きなど集団で作業をする時の、一人当たりのパフォーマンスを数値化したのである。同じような力を持つ八人にロープを引かせ、その引っ張る力を測定した。一人のときは六十三キロだが、二人だと一一八キロ、三人になると一六〇キロで、八人になると二四八キロだった。もし全員が同じように力を出せば、八人の場合は五〇四キロ前後になる筈だが、そうはならなかったのである。一人当たりのパフォーマンスに換算すると、八人だと一人のときの四十九％しか力が出ていない。

この実験はその後、心理学者のA・インガムやB・ラタネなどによる、精緻な実験と集団生産性に関する研究の中で理論的考察が重ねられる。そして、「集団作業で、参加人数が増えるほど、一人当たりの作業効率が低くなる」現象を、リンゲルマン現象「社会的手抜き（ぶら下がり現象）」と呼ばれるようになった。「作業の難易度は低いが、全員で力を合わせることが要求され、各員の貢献度は問われず、全体としての成果だけが注目される」場合に、「社会的手抜き」は起きる。綱引きなどの団体競技に限らず、一般社会でもみられる現象だ。常に業績の極大化を要請される企業は、例外なく個人別の業績評価制度を導入している。個人別成果の「見える化」により、ぶら下がり現象の極小化を図りたいからである。

ここまで来ると、「現代の綱引きは分かった、俳句と電報はどうした！」という声が聞こえてきそうだ。

綱引きは年中、国中で行われているが、実はれっきとした俳句の、しかも新年の季語でもある。なぜ綱引きが新年の季語なのか、つづきは次の章でお話ししよう。

＊リンゲルマン現象に就いては、鹿児島国際大学・小窪輝吉教授の論文、「リンゲルマン現象と社会的手抜き」を参考にさせて貰った

俳句電報番外㈡　不思議な季語

綱引きというと、まず競技を思い浮かべる向きが多いと思うが、対立や交渉が膠着している状況を表す際にも使われる言葉だ。先年、米国・トランプ大統領と北朝鮮・金正恩委員長の非核化交渉の経過を伝えるニュースでも、新聞やテレビは両者が綱引きするイラスト入りで報じていた。

だが、多摩川河川敷での都県境の「領土」争いや、丸の内での昼休みのクラブ対抗など、現代の競技や行事としての綱引きは、遊び心と闘争心を擽《くすぐ》る微笑ましいイベントだ。当たり前だが、勝ち負けを決めるのが綱引きであり、かつては運動会の定番競技だった。最近は競技ではなく、みんなが楽しむゲームとして行われることが多いようだ。

全日本綱引選手権大会が、毎年開催されていることはあまり知られていない。平成三十一年（二〇一九）は三月三日、駒沢オリンピック公園の総合運動場体育館で行われ、男子の部は

「京都消防ろぶすたあ」が「BIWAKO同志会」を、女子の部は「マドラーズ大阪」が「神戸PULL－BAR」をそれぞれ破って優勝している。

　世界綱引選手権大会（インドア）が、隔年開催されていることはもっと知られていない。第十六回は令和二年（二〇二〇）二月二〇日から四日間、アイルランドのレターケニーで開催され、日本はインドア十種目のうち、男子五六〇キロと六百キロのみに出場して、それぞれ七位と八位に入っている。毎年各県で開催される国体（国民体育大会）でも、公開競技として実施されているのである。

　綱引きは、いつ頃どこで始まったのだろうか。

『イミダス』（集英社の時事用語事典）によれば、「綱引き（TAG OF WAR）」として、「紀元前からエジプトやヨーロッパ、アジアなど、世界各地で行われた記録があり、競技としては紀元前五百年ごろにギリシャで始まったとされる」とある。

　日本国内では、古代から豊漁や豊作を祈願する神事や吉凶を占う儀式として、更には争いを収める手段や子供の遊戯としても行われてきた。時代の推移と共に、祈り、祭り、競い、そして遊び継がれて、今も伝統行事として各地で催されている。

　なかでも一月の秋田「刈和野の大綱引き」、六月の佐賀「呼子の大綱引き」、八月の沖縄「与《よ》

橘南谿著・宗政五十緒校注『東西遊記２』（平凡社東洋文庫249より）

那原《なばる》大綱曳」、そして九月の薩摩川内《せんだい》「川内大綱引」などは、いずれも四百年以上も続けられている大綱引きとしてあまねく有名だ。刈和野と呼子の大綱引きは国の重要無形民俗文化財に指定されている。

江戸中期の医者で、文人の橘南谿《なんけい》（宝暦三〔一七五三〕～文化二〔一八〇五〕）は、各地を訪ねて風物や行事などの記録を残した。『東西遊記2』（橘南谿著・宗政五十緒校注・東洋文庫二四九・平凡社版）には、当時の川内大綱引を観戦したと思われる左記のような記述がある。

「薩州鹿児島、八月十五日（旧暦・著者注）、太き腕の如き長さ半町壱町にも及べる大綱を作り、大道の真ん中に引渡し、小児夥敷《おびただしく》集まりて左右に別れ、其綱を引き合う事なり。後には夜の事なれば若きおのこ皆出て行く。其賑やかなる事祭りの神輿のわたるが如し。是を綱引きといふ。」

南九州は、昔から綱引きが盛んな地である。薩摩半島南端にある指宿高校の教諭であった小野重朗は、昭和二十九年（一九五四）から各地の十五夜綱引きの実地調査を行い、昭和四十七年（一九七二）、『十五夜綱引の研究』（慶友社）を著した。同著には、熊本・宮崎の南部から鹿児島の離島に至る二百二十三ヶ所での詳細な十五夜綱引きが克明に記録されている。いずれも遠い祖先から受け継がれた行事で、生活に根付いていた様子が見えてくる。

沖縄は今も綱引きが盛んであり、与那原の他に那覇・糸満《いとまん》の大綱引きなど百を超す綱引きが各地で行われるという。竹富町黒島の綱引きは旧正月に行われるが、その他は八月前後に行われている。

『カラー図説 日本大歳時記（講談社座右版）』には、「綱引き」を読んだ句として、左記の十句が例示されている。

綱引や小原殿さへ幾廻り　＊　言水
綱引や去年の八束穂より合せ　＊　蓼太

つな曳きや例のいち松とらの助　＊ 大江丸
二人して綱引なんど試みよ　高浜虚子
綱引や双眸の神みそなはす[1]　石井露月
綱太く引きも撓まぬ人数かな　小沢碧童
綱引やかの沖縄の粗《あら》き酒　赤尾兜子《とうし》
盆綱を編むや浦曲《うらわ》の藁集め　沢木欣一
采配の榊かざして盆綱引　宮岡計次
盆綱を女も引いて夜の更けり　小熊一人

どの句も綱引きの情景を詠んだ句に違いはないが、言水から赤尾兜子までの前の七句は新年の部に、沢木欣一から後の三句は秋の部に入っている。「綱引（綱曳・縄曳）」は新年の季語、「盆綱（盆綱引）」は秋の季語、だからだ。古代より、日本各地でさまざまな形で延々と行われてきた年中行事の綱引きなのに、何故《なにゆえ》に俳句では新年の季語となった（それ故に秋の綱引きを盆綱とした）のだろうか。

綱引きを示す言葉が残されている最古の文献は『荊楚《けいそ》歳時記』とされる。同著は六世紀の頃、

上杉本「洛中洛外図屏風」より（一部）（米沢市上杉博物館蔵）

中国・揚子江中流域の湖北省（省都は武漢）荊楚地方で行われていた年中行事と、その由来を記録した民俗資料だ。北周の儀同三司（准大臣）でもあった宗懍《そうりん》の原著『荊楚記』に、後年、隋の文学家・杜交瞻《とこうせん》が詳しい注釈を付したもので、時代を隔てた二人の碩学による合作本である。この『荊楚歳時記』が、日本に渡来した時期について、寛平年間（八八九～八九八）に文章博士・藤原佐世が奉勅撰した、『日本国見在書目録』に、『荊楚歳時記一巻』と既にあり、それ以前の奈良時代（七一〇～七九四）に遣唐使によって持ち帰られたとされている。現在、日本各地の文庫や図書館などで目にすることができる百九十八の同著は、各種の和刻本もしくは明・清時代に中国から持ち込まれた写本である。

　世田谷区岡本にある静嘉堂文庫所蔵の『實顔堂訂正荊楚歳時記』の、一月十五日・立春の日には、次のような記述がある。

為施鈎之戯以緶作篾纜相罥綿亘數里鳴鼓牽之按施鈎之戯求諸外典未有前事公輸〔子〕遊楚為載舟之戯退則鈎之進則強之名日鈎日強遂以鈎為戯意起于此涅槃經曰鬪輪罥索其外国之戯乎今鞦韆亦施鈎之類也

識者の誹りを恐れず、意訳をすれば次の通り。

（立春には）施鈎《しこう》の行事を行う。竹の皮で篾纜《べつらん》（太い綱）を作り、そこから何本かの小綱を数里（数百メートル）にわたって引き出し、太鼓の音と共に曳き合う。この施鈎の行事は、外国の書籍にも例を見ない。（中略）鞦韆《しゅうせん》（ブランコ）もまた施鈎と同類である。

この「施鈎」が、日本でいう綱引きのことであり、文献上では「綱引き」の初見なのである。奈良時代は日本にとって、律令制国家としての創成期であり、中国渡来の各種文物が恰も教科書として扱われ、宮廷行事をはじめ政治経済や社会全般に大きな影響を与えている。ここでは季語の成り立ちには言及しないが、施鈎（綱引）や鞦韆（ブランコ）が春（新年）の季語になった由縁が窺える。

全国各地で、大小いくつの綱引きがいつ行われているかについては、『十五夜綱引の研究』

の他に網羅的な資料は見当たらない。調べた限りでは、秋田や新潟など東日本では小・旧正月の二月前後が、西日本では八月前後が圧倒的に多い。他は様々で、綱引きが行われる時期を特定するのは無理がある。

俳人で国文学者の宮坂静生はその著『季語の誕生』（岩波書店）の「はじめに」で、「季語誕生の底流には、縄文人以来長い間に蓄積された生活意識が民俗的伝承としてあったのではないか。」と述べている。更に、「今日、時代はかつてない早さで推移している。その中で季語が対応する社会的事象の変化も著しい。そこで、忘れられていく季語、新たに加わる季語など季語の体系を見直すことが必要になる。」ともいう。宜《むべ》なるかなである。だが、ここで季語の体系を見直せ、などと大それたことをいうつもりはない。せめて「綱引」だけでも、季語の呪縛から解き放せないものか。全一六七五頁、四キロもある『カラー図説 日本大歳時記（講談社座右版）』の新年の部の片隅で、居心地が悪そうに佇んでいる綱引きの句を見ると、「施鈎」として我が国に傳えられたが故に、俳句の世界では新年の部に押し込められた「綱引」が、何ともかわいそうに思えるからである。

注1　「みそなはす」は「ご覧になる」の意

俳句電報番外㈢　難解な句意

綱引きの例句として前掲した『カラー図説　日本大歳時記（講談社座右版）』の十句のうち、句の後に星印（＊）を付した三句の作者名が俳号だけになっているのは、近世（江戸期）の俳人という意味（凡例による）だが、三句が一般的に親しまれているとは言い難い。かなりの俳句通でなければ、作者は兎も角、句は初見という人が多いと思われるので、多少の説明を付すことにする。

先ずは、近代に近い大江丸の句である。

つな曳きや例のいち松とらの助　＊　大江丸

江戸中期の俳諧師・大伴大江丸（本名・安井政胤・享保七〔一七二二〕～文化二〔一八〇五〕）の本業は、大阪では大和屋善右衛門と呼ばれ、江戸では屋号を嶋屋佐右衛門と称した三度飛脚[1]問屋の主人であり、橘南谿同様よく各地に足を運んでいる。この句の「つな曳き」とは「呼子の大綱引き」のことで、大江丸の撰による『はいかい帒《ぶくろ》』に収録されている。だが、一見して句意を理解出来るのは、余程の戦国時代通か、講談好きか、唐津市に縁のある人だけだ。

そもそも「呼子の大綱引き」[2]は、文禄・慶長の役（一五九二〜一五九八）において、肥前名護屋城に陣を構えた豊臣秀吉が、将兵の戦意向上と士気高揚のために、軍勢を福島正則と加藤清正の両陣に分けて、軍船の艫綱《ともづな》を使って綱引きをさせたのが始まりと、唐津市のホームページは伝えている。

文禄より遡ること十年の天正十年（一五八二）、本能寺の変で織田信長が急死した後の覇権争いを制したのは羽柴（後の豊臣）秀吉だ。その争いにおいて大勢を決めたのは、秀吉軍が柴田勝家軍を破った賤《しず》ヶ《が》岳《たけ》（現・滋賀県長浜市）の戦いである。そこで目覚ましい働きをしたのが、後に「賤ヶ岳の七本槍」と称された秀吉側近の小姓たち、即ち、市松、虎之助、孫六、甚内、権平《ごんぺい》、助作、武則たちだ。市松が後の福島左衛門大夫正則（広島藩主四十九万八千石）、虎之助は加藤肥後守清正（熊本藩主五十二万石）という背景を知らなければ、「例のいち松とらの助」は何のことだか分からない。因みに、孫六は後の加藤左馬助嘉明、甚内は脇坂中務《なかつかさ》少輔《のしょうゆう》安治、権平《ごんぺい》は平野遠江守《とおとうみのかみ》長泰、助作は東市正《いちのかみ》且元《かつもと》そして武則は糟屋助右衛門武則である。

　昭和十九年（一九四四）、疎開した薩摩川内の母の実家に、ずらりと揃っていた講談本の『太閤記』を読みながら、胸を弾ませた時代を懐かしく思い出している。

綱引や去年《こぞ》の八束穂《やつかほ》より合せ　＊　蓼太《りょうた》

　句意は明快で、特に説明は不要だろう。ただ「八束穂」は少しだけ説明をした方がいいかもしれない。「束」は「四本の指の一握り」（新漢和辞典）という意味である。その八倍、つまり「長い穂の藁《わら》」という意味で、新古今集にも記述例がある（七七五番・神世より今日のためとや八束穂に長田の稲のしなひそめけむ・権中納言兼光）。

　大島蓼太（本姓は吉川・享保三〔一七一八〕〜天明七〔一七八七〕）は信州伊那の生まれで、芭蕉の曽孫弟子に当たる。蓼太は作者としてより、詠んだ句、「世の中は三日見ぬ間の桜かな」の方が人口に膾炙している。ただこの句は、いつのころからか誰言うとなく「世の中は三日見ぬ間に桜かな」と詠み替えられて引用されることが多い。助詞が一字違うだけで、意味が全く異なってしまうという俳句の好例といえる。

綱引や小原殿さへ幾廻り　＊　言《ごん》水《すい》

この句には悩まされた。初見から句意の見当がつかない。「小原殿」がキーワードだとは考えたが、調べようにも手掛かりが掴めない。暫く放っておいたが、思い直して「言水」でネット検索をしていると、宇城由文著『池西言水の研究』（和泉書院）という本に行きついた。西神田の古書店・日本書房に在庫があるという。勇躍して出掛けて買い求めた。読み始めて、これはエライものを買ったなと思い始めた。何せ、植谷天理大学名誉教授をして本の序に、「ここに至るまでの凡そ四半世紀にわたる一途な努力の程を窺い知る者の一人として慶賀に堪えない。」と言わしめた程である。言水に関する膨大な資料を丹念に読み込み、慎重に検証して一つずつ事実（と思しき）を積み重ねて来ている様子が、素人眼にも歴然としている。得意の速読は諦めて、途切れ途切れに三日ほどかけて最後まで、一応頁は繰った。

言水像（宇城由文『池西言水の研究』より）

池西言水（名は則好・一六五〇～一七二二）の曾祖父・千貫屋久兵衛は奈良大年寄を勤めた家柄

で、祖父は和歌を、父は俳諧を嗜むという恵まれた環境に生まれた。十六歳で法体《ほったい》となり俳諧に専念、延宝四年（一六七六）には江戸へ出て句合などで活動を本格化している。天和二年（一六八二）からは京都に移住して、俳諧活動を続けており、元禄三年（一六九〇）二月、『新撰都曲』で発句した、「凩《こがらし》の果てはありけり海の音」で全国に名を馳せ、「凩の言水」の異名を取るのである。この後も言水の活動は続くが、同著には残念ながら「綱引…」の句に関係するような事象の記載は見当たらない。

万策尽きた感あり、遂に著者の宇城京都外語大学教授に直接私信を認《したた》めて句意の教示を請うたのである。そして一週間後、宇城教授から丁寧な書信を得た。教授のお許しを得て、その概略を左記する。

先ず、当該の句は『元禄名家句集』では、「千代のはじめ」という前書きがあり、「小原殿」は「おばら殿」となっていることを述べた後、「おばら殿」について、次のように記されている。

江戸時代の随筆『嬉遊笑覧』（別紙コピー、『日本随筆大成』別巻嬉遊笑覧4・215ページ）にある「大原どの丶神子」というのが「おばら殿」のことと思われます。京の都の片隅に住んでいて、人が忘れた頃に夫婦（もしくは男女）で歩き回り、妻は鈴を鳴らし、それにあわせて夫が太鼓を打つ、家々を回って物乞いをする門付けですね。もともと勧進だったようですが。

前書きの「千代のはじめ」は「正月のめでたい時に」ほどの意味です。

句意は、正月の望月の頃、往来を占領した子供たちがにぎやかに「綱引き」をしている。それに浮かれて「おばら殿」までもが、門付けをすっかり忘れて、鈴と太鼓で「綱引き」を囃し立てて、このあたりを何周も廻っているよ。「綱引き」も「おばら殿」も歌語としては用いられない「俳言《はいごん》」です。都の正月の風景を楽しく詠んだ作品だと思います。（以下省略）

約三百年も昔の京都での、旧暦正月を祝う風景を吟じた句であり、宇城教授の解説を得て、往時の賑わいの情景が彷彿とし蘇る思いがした。胸のつかえが下りたような気分がしている。

注1　三度飛脚　大坂と江戸間を毎月三度、定期的に往復する町飛脚のこと。
注2　呼子の大綱引き　二〇一三年三月、国の重要無形民俗文化財の指定を受けている。

あとがき

かつて作家の丸谷才一が、「日本を他の国と比べて非常に特徴的なことは、国民のかなり多くの人が、短歌や俳句、川柳などの詩をつくることだ」と、述べている。三十年近くも前のことだが、今日でも一説に、俳句人口は一千万人ともいわれ、愛好者は欧米などにまで広がりを見せている。

日本語は、比較言語学的に孤立言語説が有力で、外国人が習得するには時間と学習労力を要するといわれる。グローバルな時代になったが、日本語発の俳句が他言語の人たちにも親しまれるようになった理由の第一は、ショーテスト・ポエムということではないだろうか。

国民学校最後の一年生である戦前派にとって、電報は究極の通信手段だった。父の戦死公報や大学入試合格の通知を得たのも電報である。会社に入っても、国内外の支店との業務連絡はテレックスだった。テレックスは電話回線を使用したため、字数で料金が賦課された。従って社内外宛を問わず、極力文章を圧縮することが要求された。ショーテスト・メッセージである。

ショーテスト化という共通の使命を持ちながら、全く異質な世界の産物である俳句と電報を、〝まぜこぜ〟にして書いたら、新しい風景が見えるかもしれないと思ったきっかけは、美術評論家・海上雅臣さんからの電話だった。

高浜虚子がかつての門人・原石鼎の死去に際して、弔句を電報で送った痕跡を確かめたい、という海上さんの依頼には残念ながら応えられなかった。

しかし副産物として、高浜虚子は日常的に電報を駆使しており、生涯を通して数え切れないほどの電報を打っていたことが分かった。また、うんと若い幸田露伴が郵便局員だった時分の足取りが確かめられたり、作風からは想像できない温かみのある松本清張の俳句に出会ったりなど、各分野での余聞や余談に巡り合うことが出来たと思っている。

海上さんが、版画家・棟方志功から知遇を得ることになる中学生時代の出会いの話は、何度聞いても驚きがあった。後に陶芸家・八木一夫や書家の井上有一を見出したのも海上さんだ。初めて会ったのは、黒田杏子さんの会で、十年程前のことだ。それから何度もご一緒する機会を得たが、晩年の高浜虚子を見たときの印象を「銅像のような人だった」と話していたのが思い出される。暫くご無沙汰していたが、昨年十月末、突然、新聞紙上で海上さんの訃報を知って驚いた。八月二十八日のことだという。本著上梓の報告とお礼が出来ないのが何よりも心残りだ。ただご冥福を祈るのみである。

いつも和服をゆったりと着こなしたふくよかな笑顔が印象的で、初めてお会いしたとき「私はお葬式が似合わない顔で…」とにこやかに挨拶されたことが忘れられない。

令和二年師走

古川治次

初出　月刊「かまくら春秋」二〇一七年四～十二月号、二〇一八年四～六・八・九月号

参考文献

電気通信省『神奈川縣　電話番号簿』（昭和26年版）
原　裕編『原石鼎《せきてい》句集　吉野の花』ふらんす堂（1996年1月）
逓信協会『逓信協会雑誌』（昭和26年9月）
水原秋櫻子・加藤楸邨・山本健吉監修『カラー図説　日本大歳時記』講談社座右版（平成7年9月18日）第13刷版
諸橋轍次・米山寅太郎他『新漢和辞典　新装大型版』大修館書店（2002年）
富安風生『自選自解　富安風生句集』現代の俳句7・白鳳社（昭和44年11月）
丸山一夫『句集　街夕焼』本阿弥書店（昭和60年1月）
高浜虚子『復刻版高浜虚子句集・自選の五千五百句』響林社文庫（電子書籍・キンドル版）（昭和30年11月9日）
高浜虚子『五百五十句』青空文庫（インターネット図書館）（2016年6月）
底本は岩波書店版、底本の親本は櫻井書店版（昭和22年）
高浜虚子『渡佛日記』改造社（昭和11年8月）
高浜虚子『定本・高濱虚子全集』毎日新聞社（1973～1975年）
松井利彦『虚子研究年表　定本高濱虚子全集別巻』毎日新聞社（1975年）
星野立子『玉藻』（昭和16年7月）
NTT東日本「通信偉人伝5」ウェブ・マガジン・Voice（2011年3月23日）

中野　明『サムライ、ITに遭う　幕末通信事始』NTT出版（2004年9月）
発信依頼者不詳「古電報頼信紙」郵政博物館所蔵
竹井博行『我に義あり　西南戦争勝利なき反乱』南日本新聞社（2012年9月24日第2刷）
飯干　憶『西南戦争外史　太政官に反抗した西郷隆盛』鉱脈社（2014年9月増補改訂版3刷）
川内《せんだい》郷土史編さん委員会『川内と西南之役』川内市資料集九（1977年12月1日）
高岡　修編『新編　知覧特別攻撃隊』ジャンプラン（2016年1月）
鹿屋《かのや》航空基地資料館連絡会議『魂（こころ）の叫び・鹿屋航空基地資料館十周年記念誌』（平成15年）
聯合艦隊長官「真珠湾攻撃指令電報起案原稿原本」陸上自衛隊豊川駐屯地内・三河資料館
日本経済新聞「春秋」コラム（2017年7月6日）
幸田露伴『五重塔』明治文学全集25　幸田露伴集・筑摩書房
幸田露伴『五重塔』青空文庫（インターネット図書館）（2009年7月29日修正）　底本は『日本現代文学全集6・幸田露伴集』講談社（1980年5月26日増補改訂版）
青木　玉『小石川の家』講談社（1994年12月）
青木奈緒「ツートントンの娘」随筆・文藝春秋（平成25年12月号）
幸田露伴「幸田露伴自筆の電報送達紙」北海道余市水産博物館所蔵
司馬遼太郎『街道をゆく29　秋田県散歩、飛騨紀行』朝日文庫（2009年3月）
幸田露伴『突貫紀行』青空文庫（インターネット図書館）（2003年11月修正版）
幸田露伴『芭蕉七部集　露伴評釈』中央公論社（1968年）

幸田露伴『蝸牛庵句集』中央公論社（１９４９年）
小林　勇『蝸牛庵訪問記』岩波書店（昭和45年12月10日第９刷版）
増田博治「幕末の電信創業へのあゆみ（その２）」ブログ・モールス音響通信（２０１７年５月６日）
岡村直樹『「清張」を乗る　昭和三十年代の鉄道シーンを探して』交通新聞社新書（２００９年12月）
松本清張『点と線（初版完全復刻版）』光文社（昭和33年２月）
松本清張『点と線・時間の習俗』松本清張全集１・文藝春秋（１９７１年４月）
日本交通公社『日本國有鉄道編集・時刻表・十月號大改正号（復刻版）』（昭和25年10月）
日本交通公社『日本国有鉄道監修・時刻表・全国時刻大改正号（復刻版）』（昭和31年12月）
日本交通公社『日本国有鉄道監修・時刻表・全国ダイヤ大改正号（復刻版）』（１９６１年10月）
松本清張『眼の壁・絢爛たる流離』松本清張全集２・文藝春秋（１９７１年６月）
松本清張『砂の器（初版）』松本清張全集５・文藝春秋（１９７１年９月）
松本清張『菊枕　ぬい女略歴』松本清張傑作短編コレクション・文藝春秋（２００５年）
松本清張「巻頭句の女」齋藤愼爾編『俳句殺人事件』光文社文庫（２００１年４月）
松本清張『喪失の儀礼』新潮社（１９７２年11月）
松本清張『月光』細谷正充編・松本清張初文庫化作品集４・双葉文庫（２００６年４月）
松本清張他『日本史七つの謎』講談社（１９９２年11月）
玉川一郎「薫風の文壇句會」別冊文藝春秋第三十九号（昭和29年４月号）
半藤一利『漱石俳句を愉しむ』ＰＨＰ新書（１９９７年２月４日）

坪内稔典『俳人漱石』岩波新書（２００４年４月）
夏目漱石『漱石全集・第四巻（三四郎・それから・門）』岩波書店（昭和41年３月）
夏目漱石『漱石全集・第十二巻（初期の文章及詩歌俳句附印譜）』岩波書店（昭和42年３月）
夏目漱石『漱石全集・第十七巻（俳句・短歌）』岩波書店（１９９６年）
杉田博昭「鴨川を隔てて―漱石と多佳女―」ブログ・会報記事・夏目漱石サロン　京都漱石の會（２００９年12月９日）
弘中　孝『石に刻まれた芭蕉』智書房（２００４年２月）
十川信介『夏目漱石』岩波新書（２０１６年１月）
中山高明『新訂版　夏目漱石の修善寺』静岡新聞社（平成17年４月）
磯田道史『江戸の備忘録』文春文庫（２０１８年３月15日第10刷）
横山俊之・熊代正英『岡山の夏目金之助（漱石）』日本文芸出版（２０１２年10月）
大塚虎之助著・増田民男監修『日本電信情報史　極秘電報に見る戦争と平和』熊本出版文化会館（２００２年５月）
田中信義編著『カナモジでつづる西南戦争―西南戦争電報録―』国立国会図書館蔵（平成元年９月24日）
高濱虚子『ホトトギス三十七巻第八號―四百五十三號―』（昭和９年５月）
ＮＴＴ東日本「電報発信通数の推移」ＮＴＴ東日本・企業情報・資料編（２０１７年）
福光　恵「時は流れても若いまま」コラム「コトバ百貨店」ＮＩＫＫＥＩプラス１（平成25年８月24日）
雲英《きら》末雄・佐藤勝明訳注『芭蕉全句集』角川ソフィア文庫（平成22年11月）

新村　出編『広辞苑　第五版』岩波書店（１９９８年11月）
鎌田正・米山寅太郎『新・漢語林』大修館書店（２００５年４月）
橋純一・廣野正次共編『要注新校　つれづれ草』武蔵野書院（平成７年３月）
中村草田男『長子　復刻版』みすず書房（１９７８年12月15日）
横澤放川編『中村草田男句集』ふらんす堂（２０１１年９月19日）
埼玉県立久喜図書館「レファレンス事例詳細」レファレンス協同データベース（２００８年３月）
長山靖生『大帝没後　大正という時代を考える』新潮文庫（２００７年７月）
文部大臣官房圖書課「句讀法案・分別書キ方案」国立国会図書館デジタルコレクション（明治39年３月）
大西正幸「洗濯機技術発展の系統的調査」国立科学博物館・技術の系統化報告第16集（平成23年３月）
後藤景子「時空を超えた洗濯の話」奈良女子大学教授・後藤景子氏ウェブサイト
松井繁幸「洗濯文化と洗濯の科学」日本石鹸洗剤工業会ウェブサイト（２００４年11月）
小窪輝吉「リンゲルマン現象と社会的手抜き」論文・鹿児島経済大学社会学部論集７（３）（１９８８年10月15日）
東京新聞朝刊「兵庫島の戦い」（２０１８年５月16日付）
宮　憲治「綱引き（tug of war）」時事用語辞典・imidas（イミダス）（２００８年３月）
橘　南谿著・宗政五十緒校注『東西遊紀２』東洋文庫２４９・平凡社（昭和49年３月）
大伴大江丸編「はいかい袋・春夏秋冬」京都橘屋治兵衛（１８０２年）
櫻井龍彦「江戸期迄の綱引風俗図誌の集成と考察」ディスカッションペーパーＮＯ２０８
ＧＳＩＤ・名古屋大学大学院国際開発研究科（２０１８年３月）

Haiku and Telegrams - and More

Text by Koji Furukawa

Translated by James Koetting

Profile of the author

Koji Furukawa

Mr. Koji Furukawa was born in Tokyo's Suginami Ward on April 26, 1938, and grew up in Kagoshima Prefecture.
In 1962, he graduated from Kyushu University with a bachelor's degree from the Faculty of Law, and joined Mitsubishi Corporation. In 2004, he retired from his position as Member of the Board & Senior Executive Vice President there, and was appointed Vice Chairman of Mitsubishi Motors Corporation. Subsequently, along with the privatization of postal services, he served as Chairman & CEO of Japan Post Bank Co., Ltd., Post Office Co., Ltd., and Japan Post Co., Ltd.
In 2013, Furukawa was appointed Corporate Advisor at Mitsubishi Corporation. He concurrently served as Outside Director at Kajima Corporation and Councilor at Seikado Foundation. He is currently a member of the Nihon Essayist Club.
Furukawa is also the co-author of *Aji no Shuhen (The Periphery of Taste*)*, a collection of dialogues with Ryuko Wada, published by Kamakura Shunjusha in June 2008.

*Tentative translation; the book is available only in Japanese.

Haiku Telegrams - and More
Published February 22, 2020

Text by Koji Fukukawa
Translated by James Koetting
Published by Kamakura Shunju-sha Co., Ltd
Address : 2-14-7 Komachi, Kamakura JAPAN
Tel : 0467-25-2864
Publisher : Genjiro Ito
Printed by KR, Ltd.,

ISBN978-4-7740-0826-4 C0095
Cooperation : Mitsubishi Corporation

Preface
- By Momoko Kuroda

Mr. Koji Furukawa, the author of this book, has the keenest curiosity of all my friends.

Despite being very busy with his duties as a businessman, he reads two or three books every week. He goes to bed early at night and gets up early in the morning. Upon rising, he turns his computer on before dawn and scans the websites of the various news agencies before making a careful check of his email box. Nearly every day, he writes letters or postcards posts them while taking a walk, and participates in a group in the park doing exercises broadcast over the radio. After removal of his stomach due to cancer, he was hospitalized seven times for intestinal blockage, and therefore slowly eats a small breakfast before heading for the company or beginning to write. I must add that he has an outstanding instinct for cuisine and skills for cooking, and is particularly adept at wielding a chef's knife. Lately, he enjoys preparing the cutlass fish, filefish, and other types of saltwater fish caught by his daughter, who is very enthusiastic about fishing. This is the man who has now come out with a book on telegrams and haiku, a part of Japanese culture.

In truth, Mr. Furukawa is also an excellent haiku poet. He possesses a deep insight into haiku, a national literary form of which Japan can boast to the world, and the world's shortest style of poetry. He conceived the desire to report on it to Japan's youth. Asked to provide my thoughts on this unique book he wrote as a result, I decided to comment on the joys and interest of haiku, as a haiku poet myself.

I would therefore like to introduce some specific haiku from classical to modern times, and even from the very present, in the form of two composed by elementary school students (none from junior or senior high school students), for the enjoyment of the reader.

First, a haiku by Matsuo Basho.

- *Araumiya / Sado ni yokotahu / Ama-no-gawa*
- On the troubled sea / Stretching out by Sado isle / The grand Milky Way

Besides famed haiku like this, which is known to all Japanese, Basho also composed haiku like the following.

- *Asagaho ni / Ware ha meshi / Kuhu otoko kana*
- With morning glories / Rise and eat a morning meal / I'm that kind of man

This haiku was directed to (Takarai) Kikaku, who was one of Basho's disciples and had a foppish bent. It is as if Basho were saying, "Look, I'm not like you. I am early to bed and early to rise. Just a simple man who eats breakfast in silence, gazing at the morning glories."

Here's a haiku by Kobayashi Issa, who is even more popular internationally than Basho, and particularly in Germany, where he is called simply "Issa."

- *Hatsuyume ni / Furusato wo mite / Namida kana*
- In the year's first dream / Appears the place of my birth / Oh, the tears I cried!

The lovely scenery of the province of Shinano (present-day Nagano Prefecture) appeared in his first dream of the new year.

The world of 17 sounds arrayed in a single line is incredibly wide and deep.

- *Hana no kage / Nemaji mirai ga / Osoroshiki*
- In flower's shadow / I shall not lie down and sleep / What's to come, fearsome

When do you think this haiku was composed? It is also by Issa. His use of *mirai*, which is the word for "future," is surprising. The haiku exhibits exactly the same kind of feeling as we living in the present age have. It has an undimmed sensibility that we can empathize with.

Next, I would like to introduce a haiku by an elementary school student of today. It is by Kairi Imai of Akita Prefecture, who was six when he composed it.

- *Karasu no me / Boku wo utsushite / Tondetta*
- The eye of the crow / Taking my picture, and then / It just flew away
* Comment by the poet: I was looking at a crow perched on a telephone line, when it suddenly flew off. That startled me, and I made a haiku out of it.

- *Tanpopo ga / Osore shirazu ni / Tabi ne deru*
- The dandelion / Without fearing anything / Sets out on a trip

This haiku was composed by a student of an elementary school in the city of Kumamoto, who was then 11.
* Comment by the poet: "I learned that dandelions release fuzzy seeds

in order to leave behind offspring. I thought it would be really scary and worrying to just let the wind blow you around. I figured that flying off to an unknown place to make another dandelion was like a journey, and so made this haiku."

These two haiku won the Grand Prize in the elementary school student division of the Itoen Oi Ocha New Haiku Awards, for which I serve on the panel of judges. I think both of them are wonderful, and get the urge to compose some haiku myself when I recite them. I just love them.

Anyone can make haiku. I would like to encourage all those reading these words of mine to compose haiku starting today. People in countries around the world are now composing haiku every day, each in their own language. The world's shortest poems consisting of just one verse* with 17 sounds are being born in rapid succession and crisscrossing the globe by email and other means.

*Translator's note: In Japanese, haiku are written in a single, unbroken verse.

I earnestly hope you will join this worldwide circle of haiku composition.

In this preface, I have set down my thoughts and wishes upon perusal of the manuscript for this book authored by Mr. Furukawa, as a fellow lover of haiku.

Foreword

The main means of communication in the 1960s, when I joined Mitsubishi Corporation, were the telegram and telex. To send a message by each required a stamp with my superior's seal. In those days, the rates were very high. The text had to be short, and we were told to make rigorous use of codes and idioms to avoid mistakes and misunderstandings.

Like telegrams, haiku are also very brief. Whereas a telegram is used as a tool for precise communication, a haiku is a form of expression, and is therefore open to interpretation by the reader. This contrast struck me as interesting.

Takahama Kyoshi, sender of haiku by telegram - opening remarks

The mission and the role played by the telegram as a means of transmitting information have long ended. The present age belongs to computers and smartphones. While today's youth might find it hard to believe, once upon a time people had to wait their turn for installation of a cable phone after applying for one. Even when their turn finally came, they had to buy telegraph and telephone bonds. This was in the 1950s, not much more than 50 years ago, when the mobile phone and personal computer were completely non-existent. People had to rely on telegrams for all urgent matters - everything from confirming situations and safety to making arrangements for travel and visits, and even asking for money.

Getting word of the death of Hara Sekitei, who had been a disciple of his, Kyoshi sent the following haiku in memoriam.

- *Itsumademo / Yoshino no hana no / Kimi (w)o (w)egaku*
- Forever after / Yoshino flowers, and you / Pictured in my mind

In the commentary on his book titled *Hara Sekitei Kushu / Yoshino no Hana* (*Haiku by Hara Sekitei / The Flowers of Yoshino*, published by Furansudo), Hara Yutaka, who later became Sekitei's adopted heir, states that he received this memorial haiku from Kyoshi upon the demise of Sekitei.

In the preface of the telephone book was a page titled "Table for Requesting Japanese-Language Telegrams by Telephone." In those days, it was thought that people making a telephone call to request the sending of a telegram would follow this table. I followed it to "spell out" the aforementioned haiku.

I: As in *iroha* (the abc's for the Japanese syllabary)
Tsu: As in *tsuru* (crane)
Ma: As in *matchi* (match)
De: As in *tegami* (letter), voiced
Mo: As in *momiji* (maple leaves)
Yo: As in *Yoshino*
Shi: As in *shimbun* (newspaper)
No: As in *nohara* (field)
No: As in *nohara* (field)
Ha: As in *hagaki* (postcard)
Na: As in *Nagoya*
No: As in *nohara* (field)
Ki: As in *kitte* (stamp)
Mi: As in *mikan* (mandarin orange)
(W)o: As in *Owari* (an ancient province)
(W)e: The *kana e*, with a hook
Ga: As in *kawase* (exchange), voiced
Ku: As in *kuruma* (car)

It makes me smile to picture Kyoshi standing by the telephone, heeding

the instructions of this table as he speaks the *kana* characters of his haiku into the receiver.

Kyoshi's travels abroad and telegrams - from Hong Kong to France, Germany, and Great Britain

While poets other than Kyoshi presumably sent haiku by telegram, I have not found many cases of haiku that mention telegrams per se.
Judging from the e-book of the reprinted edition of *Kyoshi Kushu - Jisen no Gosen Gohyaku Ku* (*Collection of Kyoshi Haiku - Five Thousand and Five Hundred Haiku of His Selection*, published by Kyorinsya Bunko), Kyoshi too apparently never used the word for "telegram" in a haiku.
However, the word does appear once in *Gohyaku Goju Ku* (*Five Hundred and Fifty Haiku*, published by Sakurai-Shoten Publishers), an anthology of haiku selected by Kyoshi himself. *Five Hundred and Fifty Haiku* begins with the following haiku dated January 2, 1936.
- *Kamo no naka / Hitotsu no kamo (w)o / Mite (w)itari*
- In a flock of ducks / Just a certain one of them / I end up watching
The sixth haiku was composed on the day of his departure.
- *Furuwatako / Ki no mi ki no mama / Kashima dachi*
- In old wadded clothes / Dressed, and taking not much else / We leave Kashima* (*Translator's note: This is an idiomatic expression for departure.)
On February 16, 1936, Kyoshi set out for Europe from the port of Yokohama on the *Hakone Maru* operated by Nippon Yusen, taking along Akiko, his sixth daughter. After calling at Hong Kong and other ports along the way, they crossed the Indian Ocean, entered the Mediterranean through the Suez Canal, and traveled to various places in France, Germany, and Great Britain.

On May 8, they boarded the *Hakone Maru* again at Marseilles for the return voyage. After this trip to Europe, which lasted about four months, Kyoshi wrote the following haiku and appended note on the day before their arrival in Kobe.

- *Fune suzushi / Sou ni mukafuru / Tsushima, Iki*
- Cooling breeze on deck / Coming toward us left and right / Tsushima, Iki
- "June 10. Finished selecting haiku on miscellaneous subjects. Tsushima in view, and Iki coming into view. Received a telegram from the Kyushu branch of *Osaka Asahi Shimbun*, telling me to send the first haiku upon my return."

In those days, a trip abroad was indeed a major undertaking for a number of reasons, including the requisite time and expense. With a person of Kyoshi's stature, the return to Japan would be in the newspapers the next day.

In the introduction of his *To-Futsu Nikki* (*Journal of a Trip to France*, published by Kaizosha), which came out on August 18 of the same year, Kyoshi wrote that he received about 100 *muden* (telegrams sent by wireless equipment) on the way out and even more on the way back, and that he also sent return telegrams. As this indicates, he made frequent use of the shipboard *muden* set and other telegraph equipment for correspondence with concerned persons, newspaper companies, etc. He provides graphic evidence of the role discharged by the telegram in an age when telephone service was not yet available at sea.

At ports of call and various places in the countries visited after his departure from Yokohama, Kyoshi was welcomed by representatives of Japan's foreign legations, Japanese associations, employees posted from Japanese companies, and resident Japanese nationals. From the Journal, it is clear that gatherings for lectures and haiku readings were often held in his honor.

Takahama Kyoshi
Photo courtesy of the Museum of Modern Japanese Literature

The *Journal* also affords glimpses of the full arrangements made for his visit by the resident employees of Nippon Yusen and Mitsubishi Corporation to handle the language barrier in each country and cope with the situation and customs there.

The aforementioned *Five Hundred and Fifty Haiku* contains Kyoshi's selection of 38 of the haiku he composed during this voyage, along with notes on them and the dates of composition. In addition to the impromptu haiku composed at various places, my interest was piqued by his notes. Almost all of them mention people he met or gatherings at the ports and places visited.

Paging through the *Five Hundred and Fifty Haiku*, I was stunned

when I came across the note for the 28th haiku, which runs as follows.
- *Rondon no / Aokusa wo fumu / Waga zori*
- They're now in London / And treading on the green grass / My good old sandals
- "April 28th. Arrival at the port of Harwich before 7:30. From there, took the train to Liverpool Street Station. There to greet me were Nanso Uenohata, Ichiro Hatta, Kakuto Matsumoto, Satoru Makihara, Mitsuyoshi Kasai, Yoshiya Ariyoshi, Nagaharu Takahashi, and Seitaro Iwasaki, the Tokiwa head... Entered the Tokiwa Annex on Tufnell Park Road. Visited there by Gonnosuke Komai and Tetsuro Furugaki of Asahi Shimbun. A little haiku reading before the evening banquet."
Kyoshi was met by quite a distinguished and diverse group. Uenohata was the chief engineer of the *Hakone Maru*, on which Kyoshi made the voyage.
Ariyoshi was the president of Nippon Yusen. Hatta later became a member of the House of Councilors. Makihara was then a manager in the London branch of Mitsubishi Corporation, and Kasai was an accountant there.
Incidentally, Makihara died in March 1942 when the *Taiyo Maru*, on which he was aboard in the service of the company, was torpedoed by the USS *Grenadier* in the East China Sea. He was the father of Minoru Makihara, who became the president of Mitsubishi Corporation in June 1992. Kasai was later appointed to the positions of senior managing director and full-time auditor.
To digress further, Kasai was the director in charge of the unit to which I was assigned when I joined Mitsubishi Corporation in April 1962.

Kyoshi's trips to Manchuria and Korea, and telegrams - "One Day, One Telegram"

The standard edition of *Takahama Kyoshi Zenshu* (*The Complete Works of Takahama Kyoshi*, published by The Mainichi Newspaper Co., Ltd.) is a huge tome; containing not only haiku but also novels, haiku criticism, literary sketches, travelogues, and letters, it runs to 15 volumes. The *Kyoshi Kenkyu Nenpyo (Kyoshi Studies Chronology)* published as a separate volume on November 30, 1975 consequently fills 493 pages with its entries for his doings and events every year, month by month.

For three days, I paid visits to the Museum of Modern Japanese Literature within Komaba Park, where the green of budding leaves was dazzling, and pored over mainly the *Chronology*. As far as I was able to determine, Kyoshi went to other countries a total of five times during his life.

His first time was a trip to Korea, from June to July in 1911, when he was 37 years old. The *Chronology* merely has the entry "Journey to Korea."

The second and third times were trips to Manchuria and Korea; the fourth, the trip to Europe; and the last, another to Manchuria and Korea at age 67. For these trips, there are fairly detailed entries, albeit only for the schedule. In almost all cases, they are like the following:

- "Arrival at Dairen (*present-day Dalian), stay at the Ryoto (*present-day Liaodong) Hotel. June 3." (*Translator's notes)
- "Departure from Busan for Kobe. June 17."

There is very little mention of further details.

Only for the trip to Europe did Kyoshi provide casual accounts of the happenings during his travels, in the aforementioned *Journal*. As noted in an earlier chapter, in the introduction of this book, he states

that he received about 100 *muden* telegrams on the way out and even more on the way back, and that he also sent telegrams in return. He made frequent use of telegrams for communication with concerned parties during his European trip.

Considering his pattern of behavior, Kyoshi probably made extensive use of telegrams for contact about gatherings for haiku readings and lectures, both on the other four trips to Manchuria and Korea and his frequent trips to places in all parts of Japan as well. Nevertheless, this does not appear in the *Chronology*, at least.

For 1941, when Kyoshi made his last trip to Manchuria and Korea, there is the entry "Ichinichi Ichiden" ("One Day, One Telegram") in a list of his critiques, works, and other publications.

"'One Day, One Telegram' is a series of 'recent haiku' which Kyoshi sent to Tatsuko Hoshino, his second daughter and editor of the haiku journal *Tamamo*. However, some issues are missing from the *Tamamo* collection here ..."

My sudden telephone call received an immediate response from Tayo Yamawaki, the librarian at the Kyoshi Memorial Museum in the city of Ashiya.

While requesting an explanation, I somewhat brazenly asked her if she couldn't send me a copy of the issue with "One Day, One Telegram" in it.

She said yes and promptly sent me a fax of the page in question in the July 1941 issue of *Tamamo*. Her handling of my request was speedy, accurate, and friendly - in short, perfect.

On the page were 17 haiku, including the following ones, which were sent by telegram.

"One Day, One Telegram" - To Tatsuko, from Kyoshi

* May 30th, from on the train in Numazu Station

- *Tabi no ware / Byoin no nare / Akeyasuki* (Me on a journey / And you in the hospital / Early comes the dawn (Author's note: *Akeyasuki*

is a season word indicating summer.)
* June 9th, from Mukden
- *Hirunezame / Mata tairiku no / Tabi tsuzuku*
- Waking from a nap / Again across the mainland / My trip continues
(Author's note: Mukden is present-day Shenyang. *Hirunezame* is a season word indicating summer.)
From the foregoing, it is clear that, throughout his life, Kyoshi sent and received telegrams in quantities that would be inconceivable today. In his time, the telephone was still in the process of diffusion, and could not be used any time and any place, as it is now. The postal service, while reliable, depended on transportation of mail bags by train. More than anything else, telegrams were the sole means of communication that were both fast and sure.

The start of telegrams in Japan - the footprints of Sakuma Shozan

Telegrams are products of telecommunications. The text to be sent is converted into electrical codes or signals and then transmitted by cable or wireless means. These codes or signals are received through equipment on the other end, decoded, converted back into text, and finally delivered.
According to the stories of illustrious persons in the field of communications in *Voice*, an e-magazine published by NTT East Japan, the first successful transmission of a message by telecommunications in Japan occurred in 1854, fully 14 years before the Meiji Restoration. During Commodore Perry's second visit to Japan, a message was sent using an Embossing Morse telegraph, a present to the Tokugawa shogunate from US President Fillmore. In a public experiment, the transmission was made through an electrical cable about 1.6 kilometers

long that had been strung in the city of Yokohama, and consisted of the letters "JEDO" (for Edo, the capital of the shogunate and present-day Tokyo) and "YOKOHFMA" (Yokohama). However, there was reportedly a case of successful telegraphic communication using a transmitter made in Japan in 1849, a whole five years earlier.

The Zozan Memorial Museum sits imposingly on a corner of a residential district in the town of Matsushiro, Nagano Prefecture. Matsushiro was a "castle town" in the fief of the Sanada clan yielding 100,000 *koku* of rice. On the premises is a display of a telegraph made by Sakuma Shozan (a.k.a. "Zozan"), who is said to have conducted the first successful experiment in electrical communications in Japan.

The telegraph reportedly made by Shozan is displayed in a space between the No. 1 and No. 2 exhibition rooms. The explanation titled "Zozan and the Telegraph" reads as follows.

- "Zozan Sakuma conducted Japan's first successful experiment of telegraphic communication with a telegraph using an electromagnet. Although the telegraph he used and detailed records related to it have not survived, the instrument is thought to be a type of indicating telegraph. The model displayed here was made to enable experience of the communication experiment with an indicating telegraph. Apart from the mode, it differs from the models of those days in respect of both its mechanism and method of use."

Unfortunately, the telegraph on display was not the one that Shozan made.

In Shozan's experiment, an electrical cable was strung between the old Matsushiro clan bell tower and the emissary building about 70 meters to the northeast of it. Shozan transmitted the syllables "SA-KU-MA-SHU-RI" ("Shuri" was another alias of his). He also had a marvelous talent for languages, and reportedly learned Dutch grammar in the space of two months. The prevailing view has thus far been that he recruited carpenters and blacksmiths to help him manufacture

an indicating telegraph while referencing the Dutch translation of *Economic Dictionary*, which was compiled by the Frenchman Noël Chomel. More recently, however, it has been pointed out, based on various documents and historical investigation, that Shozan may instead have referenced the second edition of *Eerste Grundbeginseten der Naturkunde* written by the Dutchman Van Der Burk. Furthermore, the successful experiment may have been conducted after 1854, when Perry's experiment was conducted. There is a detailed discussion of these issues in *Samurai, IT ni Au - Bakumatsu Tsushin Kotohajime (Samurai Meet IT - The Start of Telecommunications Toward the End of the Shogunate*, published by NTT Corporation), by Akira Nakano.

Regardless of whether or not his experiment was the first telegraphic communication in Japan, Shozan's production of Japan's first telegraph must be termed a great achievement.

The bell tower noted above was rebuilt in 1801 and has been designated as a cultural property by the city of Nagano. In front of it stands a commemorative monument with an inscription to the effect that the site is the birthplace of Japanese telecommunications. On its rear is another inscription that reads as follows.

- "In 1849, Shozan Sakuma succeeded in communicating a message between the emissary building in Isemachi and the Kataha bell tower using a telegraph of his own make. This communication marked the birth of telecommunications in Japan."

– Telecommunications Day, 1953

-- Erected by Nippon Telegraph and Telephone Public Corporation

While there was not much activity related to telecommunications from the time of Perry's experiment in Yokohama until the end of the shogunate, activity swiftly quickened when the political order changed and the new Meiji government was installed in 1868.

- Meiji 2 (1869): Start of telecommunications business in Yokohama.

- Meiji 4 (1871): Import of Morse printing telegraphs from Great Britain, and start of use.
– Installation of undersea cable between Nagasaki and Shanghai. Start of telegraphic communication with other countries.
- Meiji 5 (1872): Installation of undersea telegraphic cable in the Kanmon Strait.
- Meiji 10 (1877): Holding of a ceremony to mark the start of telecommunications service.

These and other developments were followed by efforts to construct and bolster telecommunications facilities in rapid succession. Japan's first telegraph business was initiated in 1869 between Tokyo and Yokohama. Two years later, handling of telegrams also began between Tokyo and Nagasaki.

Thereafter, the spread of telegraphic cable installation in all parts of the country was accompanied by an increase in the telegram's convenience and expansion of the telecommunications network.

Haiku and telegrams at Chiran and Kanoya - a sad journey

In truth, I did not want to go to Chiran.

My father's death in battle on the island of Luzon, the air raid I experienced at the community to which I had been evacuated during the war (US warplanes strafed the national school during the morning ceremony, killing seven students), and the tribulations besetting life in a fatherless family, day after day - this and all of the other misery associated with the war made me want to avoid recalling it, if possible. Nevertheless, anyone who wants to look into the happenings of the distant past cannot ignore the periods of war.

When we headed south down the expressway from Kagoshima Airport,

the land was green all around. Amid the new leaves budding on the deciduous trees, those on the camphor trees stood out, and touched my heart.

Proceeding further south from the city of Kagoshima, we finally entered the district of Chiran (in the city of Minami-Kyushu). As we drew closer to our destination, I fell into an unspeakably dark mood. We passed through a tunnel formed by arching cherry trees whose blossoms had already dropped, and there before us was the Chiran Peace Museum.

Because it was a weekday, a group of what I took for high school students were already looking at the exhibits inside. However, the interior was extremely quiet, with none of the laughing and commotion one would expect from youngsters. When I began looking at the materials on display, I took my time. There was a row of displays of final notes stating a determination to carry out a mission that seemed as if the writers were trying to convince themselves of it; farewells to parents, children, and siblings; wishes for the increasing prosperity of the nation; etc. Despite being faced with a fate for which they saw no other choice, many of these notes were written in a script showing no perturbation, and have the effect of silencing the viewer.

Among them, I was especially struck by the lines written by Captain Kanji Eda, who hailed from Toyama Prefecture and died at age 22.

"The green so beautiful that
Today, from now on
That I am going to my death
I am likely to forget
Clear blue sky
White clouds floating in it
Chiran in June, and the cicadas are already droning
Making me think of summer
- While waiting for the order to take off

The note left behind by Ensign Takayuki Yamashita, who was born in Kumamoto Prefecture and died at age 19, made me more misty-eyed the more I read it.

- "…Today again, people came from far away to the airport to console us special-attack pilots. They really reminded me of you, mother. When we parted, they kept bidding us farewell until we were out of sight…. Mother, please take care of yourself. I will crash into the carrier while reciting the prayer to the Buddha, as you told me over and over. *Hail Amitabha Buddha.*"

The tour lasted for about two hours, and I could not view all of the materials, but saw that there was a fair amount of quoting from famous poems and original tanka poems. There were few haiku, however. Perhaps 17 characters were not enough to express overflowing feelings and thoughts.

Nevertheless, I did see four haiku. One was by Ensign Tetsuro Koya, who was from Kagoshima Prefecture and took off from the airport at age 25. At the end of his note, he wrote "To father" and the following haiku.

- *Asu chiru to / Omohi mo sarenu / Sakura kana*
- Tomorrow they fall / Never occurring to them / The cherry blossoms

Another was by Ensign Keiichi Nakagami, who was from Okayama Prefecture and met his end at age 19.

- *Sakumo yoshi / Chiru ha naho yoshi / Wakazakura*
- A fine sight in bloom / Finer sight when scattering / Young cherry blossoms

Captain Shiori Harada was from Kumamoto Prefecture and aged 26. After penning a 20-character, four-verse poem in the Chinese *jueju* style, he added two haiku.

- *Kono goro wa / Yama yori umi no / Sakura hana*
- In the current times / In the sea rather than hills / Cherry tree blossoms

- *Aze no kusa / Meshiidasarete / Sakura kana*
- A paddy ridge weed / Now summoned into service / The cherry blossoms

All of the people leaving the Museum said little on the way to the parking lot. They also walked with their heads down, and it was not only because of the bright sunlight in early summer.

I first visited Chiran on May 19. It was the proverbial sunny day in May. A refreshing breeze was blowing in that southern district, and the afternoon was bright and peaceful.

The haiku and telegrams of distinguished writers, 1 - Koda Rohan

"Shunju", a column in the morning edition of the July 6, 2017 issue of *The Nihon Keizai Shimbun*, began with the following passage. "In a corner of the Yanaka Cemetery in Tokyo's Taito Ward, there sat a five-tiered pagoda. It was built early in the Edo period, but was burned down in a major fire. About 220 years ago, it was rebuilt. It is well known that this rebuilding project provided the subject matter for *Goju-no-To (Five-Storied Pagoda)*, one of Koda Rohan's major works."

Born in 1867, Koda Rohan was a recipient in the first presentation of the Order of Culture and ranked along Ozaki Koyo, Tsubouchi Shoyo, and Mori Ogai as prominent Meiji men of letters. Collectively, they were referred to as "Koroshoo," an acronym for their pen names.

With solid positions in Japan's modern literature, Rohan and his *Five-Storied Pagoda* even appear in school textbooks. The original text, however, is written in a pseudo-archaic style with the old *kana* orthography. It is therefore fairly hard to read, so much so, that some passages even appear in questions on college entrance exams.

In his youth, long before he wrote *Five-Storied Pagoda*, Rohan was a

telegraph technician in the town of Yoichi, Hokkaido, and was engaged in the work of transmitting and receiving telegrams.

If I may digress a little again, when you cross the Shiratori Bridge over Kanda River from the Kagurazakaue district in Tokyo, you eventually come to Ando Slope. At the top of this slope appears the gate to the temple Denzuin, directly in front. Proceeding down the slope a little way with this temple to your left, the sidewalk suddenly becomes enlarged at one spot only. There is a huge tree festooned with a sacred rice-straw rope, looking somehow awe-inspiring. It is an ancient Aphananthe aspera, and the house beside it used to be the residence of three Koda generations, i.e., Rohan, his daughter Aya, and her daughter Tama (Aoki). It is the house in "Koishikawa no Ie" ("The House in Koishikawa"), an essay she wrote. I regularly pass by it when I go for a walk, and feel a vague affinity with Rohan and Aya, who belonged to the same generation as my grandfather and mother.

Some time after I had moved to the Japan Post Group in 2006, there was a conference at a post office in Sapporo, where I was surprised to learn that Rohan had been a postal employee. I visited Yoichi because I wanted to see the telegram transcription he had written himself, which I had heard was preserved there. But it was the first time for me to go there, and the journey was long.

From the front of the railway station with its cheerful atmosphere, we went down Highway 229. Soon after crossing the Yoichi River, the Yoichi Fisheries Museum, my destination, came into view on the right side, on the top of a low hill.

After I had made my request and exchanged brief civilities with him, Toshiaki Asano, the museum director, showed me the telegram transcription in Rohan's own hand, which the town has designated as a cultural property. (The transcription is not on permanent display.) In addition to a thorough description of the transcription, he also gave me some material on it.

Koda Rohan
Photo courtesy of the Museum of Modern Japanese Literature

The telegram text was "I-MA-FU-SHI-CHA-KU-MI-NA-SA-MA-HE-HO-CHI-SEYO."

Beside it was written the transcription, which translates "I have now safely arrived. Tell everyone." *The Cultural Properties of Yoichi Town*, the town's public relations newsletter, contains the following explanation.

"In the second half of the 1880s, when Rohan lived in Yoichi, herring fishing continued to thrive. Many fishermen who operated fixed nets went to the Tohoku region to recruit workers for the fishing in the coming year. This telegram transcribed by the young Shigeyuki was probably sent by a fisherman or related person on such a journey to his

hometown." ("Shigeyuki" was Rohan's real first name.)
The Koda family were retainers of the shogunate and no longer received their stipend after the Meiji Restoration. As a result, Shigeyuki entered the National School of Electro-Communications established by the Ministry of Communications (MOC) in the Shiodome area of Tokyo's Shiba district on a scholarship. After his graduation and completion of practical training in the following year, 1885, he was posted to the telegraph bureau in Yoichi, Hokkaido. There, he served as a MOC telegraph operator for a period of two years and one month.
On August 25, 1887, Shigeyuki got his things together and suddenly left Yoichi. Regarding his departure from the town, he later wrote, "… pawning a trunkful of books..." He visited various places, staying for a few days at each.
On the way, he did a lot of reading and raised the funds needed for his trip. After overcoming all sorts of difficulties, he finally returned to his home in Tokyo on September 29. The trip therefore took a little over one month. His subsequent essay "Tokkan Kiko" ("Charging Travelogue") is an account of the circumstances surrounding this trip. It begins with the following passage (based on the edition on Aozora Bunko, an online library).
- "I felt disease in my body and sorrow in my heart. I could not drive away the evil causes and could discern no happy end in the future. Before my eyes were painful irritants. I had desires but no cash. I had ambitions but no connections. I decided to charge headlong and get myself out of this adverse situation."
From this passage alone, it is not clear just what the real motive was that prompted the 20-year-old Shigeyuki to go back to Tokyo.
At the time, Tsubouchi Shoyo had come out with a book of literary criticism in Tokyo titled *Shosetsu Shinzui (The Essence of the Novel)*, which was well received.
It is thought that Shigeyuki once again realized he had literary

ambitions he could not dismiss.
He reportedly took his pen name "Rohan" from one of the haiku he composed on this trip.
- *Sato tooshi / Iza tsuyu to nemu / Kusa makura*
- Hometown far away / Resolutely sleep with dew / On a grass pillow (Translator's note: The character for *tsuyu* (dew) also has the reading *ro*.)
Apparently, the two years and one month spent at Yoichi were unforgettable for Rohan. He reportedly often told his daughter Aya, who became an essayist, that she was his "dash-dot-dot (the code for the letter 'd') daughter." This was disclosed in an essay by Nao Aoki, his great-granddaughter, that was published in the December 2013 issue of the monthly magazine *Bungei Shunju*.
Rohan was also versed in haiku. He completed a work titled *Hyoshaku Basho Shichibushu (An Annotated Seven-Part Basho Collection)* from 1924 to 1949.
Many of his haiku are contained in his *Kagyuan Kushu (Snail Hut Haiku Collection)*.
- *Haru kasumi / Kuni no hetate ha / Nakari keri*
- In mists of springtime / Borders separating lands / Just disappearing
- *Meigetsu ya / Tsuyu no nagaruru / Tetsu kabuto*
- Ah, a full, bright moon! / Drops of dew are rolling down / On helmets of steel
In Yoichi, there is a stone monument inscribed with a haiku he presumably composed during his service there.
- *Karazake no / Agi to kaze fuku / Samusa kana*
- Salted salmon jaw / Hanging in the blowing wind / Its coldness chilling
I was told that the odd-looking assemblage of stones forming the base of the monument expresses the rocky seacoast of Yoichi, which is blessed with a rare beauty and includes sights such as Candle Rock

and Cape Shiripa.

The haiku and telegrams of distinguished writers, 2 - Natsume Soseki

Natsume Soseki began composing haiku in 1889, after his friendship with Masaoka Shiki had deepened. The first page of his completed works contains only two haiku that he had written in a letter to Shiki.

- *Kaerofu to / Nakazu ni warahe / Hototogisu*
- "I shall go back home" / Cry not, and do laugh instead / Oh little cuckoo
- *Kikafu tote / Dare mo matanu ni / Hototogisu*
- No one in the world / Is waiting to hear its cry / Oh little cuckoo

(Author's note: The characters for Masaoka's pen name "Shiki" also read *hototogisu*, meaning the little cuckoo. The insides of the cuckoo's mouth are red and make it appear that the bird is spitting blood. Shiki reportedly chose his pen name because he associated this image with his own predicament; he was suffering from tuberculosis.)

Even after entering the department of literature at Tokyo Imperial University in following year, Soseki composed haiku only sporadically. The situation changed in 1895, when Shiki had a lung hemorrhage on his way back to Japan after he was sent to the front to cover the war with Qing dynasty China as a correspondent for the newspaper *Nippon*, and temporarily returned to Matsuyama, his birthplace. Shiki paid a visit to Soseki's lodging, and there ensued a lively discussion and lecture on haiku with others present, led by Shiki. From then on, there was a sharp increase in the number of haiku produced by Soseki. The following is a rundown of the yearly number of Soseki's haiku, based on his collected works.

1894: 13 (Participation in Zen meditation at a sub-temple in Engakuji

Natsume Soseki
Photo courtesy of the Museum of Modern Japanese Literature

Temple
1895: 464 (Dispatch to Matsuyama Middle School as a teacher; return by Shiki to Matsuyama)
1896: 552 (Dispatch to Fifth High School in Kumamoto as a teacher; marriage to Kyoko)
1897: 288 (Death of father Naokatsu)
1898: 103 (Decline in Kyoko's health)
1899: 350 (Birth of daughter Fudeko)
1900: 19 (Start of studies in Great Britain)
During the roughly five years he lived in Matsuyama and Kumamoto, Soseki visited the vicinities of these cities as well as Kurume and other

parts of Kyushu, and composed 1,757 haiku, or about 70 percent of his lifelong total. Many of these were written to be sent to Shiki, and were indeed penned in letters to him, to get his opinions of them.

Located in the Koishikawa district of Tokyo's Bunkyo Ward, Honpoji Temple, the temple of the Natsume family, is only about 10 minutes away on foot to the north from my house. In one corner of the precincts is a monument inscribed with the following Soseki haiku, in the calligraphic script of Takayasu Okushima, who was the 14th president of Waseda University.

- *Ume no hana / Fushou naredomo / Ume no hana*

- The plum tree blossoms / Unworthy though I yet be / The plum tree blossoms

In the novel *Botchan (Little Master)*, the grave of Kiyo, the maid in the house of the protagonist, is placed in "Yogenji Temple, in the Kohinata district of Tokyo." Honpoji is said to be the model for this temple.

A walk of about 20 minutes west from my house brings me to the Natsume Soseki Memorial Museum, which is located in Soseki Park. This is a genuine museum of literature befitting Soseki, one of Japan's most important authors.

The stone monument at the entrance is inscribed with the following haiku.

- *Kata ni kite / Hito natsukashiya / Aka tonbo*

- Perched on my shoulder / Ingratiating indeed / A red dragonfly

There are many such monuments bearing haiku by Soseki in Matsuyama, Kumamoto, and other places connected with him. I decided to make a study to see how many such monuments there were, and where.

One cannot talk about haiku monuments without mentioning Matsuo Basho.

How many haiku did Basho compose during his whole life? According to information on the website of the Japan Haiku Study Group, haiku

confirmed to be by Basho alone total 982. There are hundreds of additional haiku that may be his compositions. Incidentally, *Basho Zenkushu* (*The Complete Haiku of Basho*, published by Kadokawa Sophia Bunko), contains 983 haiku.

According to this work, monuments inscribed with haiku by Basho are found in all prefectures except Okinawa and number 2,941. By far the largest number are in Nagano Prefecture with 313, followed by Gunma Prefecture. The smallest number are in Hokkaido and Kagoshima Prefecture, which each have two.

The haiku that most appears on these monuments is the following.

- *Furu ikeya / Kawazu tobikomu / Mizu no oto*

- Into an old pond / Suddenly there dives a frog / "Splash" goes the water It is inscribed on 146 of these monuments, far more than any other haiku.

The oldest such monument was erected on the grounds of Ryufukuji Temple in Nagoya in 1729. During the ensuing period of 275 years ending in 2003, anywhere from a few to over 10 of these monuments were erected every year.

Hundreds have been erected around years marking anniversaries related to Basho, such as the 100th anniversary of his death, 300th anniversary of publication of *Oku no Hosomichi (The Narrow Road to the Deep North)*, and 300th anniversary of his death. Why are there so many Basho haiku monuments?

The haiku masters who succeeded to the Basho style of composition often made pilgrimages to solicit funds and held haiku readings on each occasion of anniversary memorial services. As the haiku became popularized and developed into a form of entertainment, Basho came to acquire a sanctified status. Such social phenomena lay behind the increased erection of monuments bearing his haiku.

I am still researching monuments inscribed with haiku (and other poetry) by Soseki, but have so far learned that there are 61 in the

Kanto region and regions west of it.

The most are in Ehime Prefecture. These number 17, and include one in the Ishite district of the city of Matsuyama and another on the grounds of Matsuyama Higashi High School, both inscribed with the following verses.

- *Otachi yaru ka / Otachi yare / Shinshu / Kiku no hana*

- Are you on your way? / By all means be on your way! / Newly brewed sake / And chrysanthemums

In Kumamoto Prefecture, there are 16, including one that stands in Kamatogizaka in Nishi Ward in the city of Kumamoto.

- *Boke saku ya / Souseki setsu wo / Mamorubeku*

- Quince bushes in bloom / Clumsiness and honesty / Things I must preserve

There are another nine in Fukuoka Prefecture. This haiku is on one in the city of Kurume.

- *Na no hana no / Haruka ni ki nari / Chikugogawa*

- Blossoms of the rape / Yellow stretching far and wide / Chikugo River

There are six in Oita Prefecture, two in Okayama Prefecture and one each in the 15 other prefectures in the aforementioned regions. It is only natural that by far the greatest number of monuments are found in places connected with Soseki's days in Matsuyama and Kumamoto, when he was more focused on production as a haiku poet, before his emergence as a novelist.

One of the Soseki haiku monuments in the Kanto region sits in the precincts of Kigenin, a sub-temple of Engakuji Temple in Kamakura. Soseki took part in Zen meditation sessions there late in the year before he went to Matsuyama to take the teaching position.

- *Bussho wa / Shiroki kikyo ni / Koso arame*

- The Buddha's spirit / Within the white bellflower / Surely must abide

In Kyoto, a monument with a Soseki haiku that has a hint of romantic interest about it stands on the southern side of the western end of Oike

Grand Bridge.
The haiku was composed by Soseki in his later years, and is dedicated to Taka Isoda, the proprietress of Daitomo, a "teahouse" in the Gion-Shirakawa district.
- *Haru no kawa (w)o / Hedatete otoko / Omina kana*
- River in springtime / Separates the two of them / The man and woman
Soseki made a name for himself as a novelist, but monuments to his haiku far outnumber those to his other literature. There are no other novelists who had as many monuments inscribed with their haiku.
Many of the haiku which Soseki sent to Shiki for his critiquing are rather mediocre and self-satisfied. Soseki also often composed *aisatsu* haiku at places he visited or lodged. These haiku are generally comprehensible to all and have a genial tone. True to his pen name, which has the connotation of stubbornness, Soseki was actually fairly obstinate, but only in the home. Because he was true to himself, sincere in his dealings with others, and conscientious, people were usually drawn to him.
It may also be noted that, during the years when he most composed haiku, Soseki was merely a school teacher and basically sent his haiku to Shiki to get the latter's appraisal of them. But after returning to Tokyo from London, he came out with *Wagahai wa Neko de Aru (I Am a Cat)*, which was followed by *Little Master, Kusa Makura (Grass Pillow)*, and other novels that swiftly pushed him to the top of Japan's literary world as a novelist. The people who knew him when he was a teacher were undoubtedly delighted.
The haiku Soseki composed during his teaching days also became known to a wider circle of people as his standing as a novelist rose. Famous haiku are not famous from their birth; they grow with the nourishment provided by the appreciation and critiques of various people. And eventually, they "make their mark" on monuments. In places connected with Soseki, the number of such Soseki monuments

increased along with the rise in his reputation as a novelist.

I have not forgotten about my other theme: telegrams.

In August 1910, while *Mon (The Gate)* was being serialized, Soseki went to Shuzenji, where he stayed at Kikuya, a traditional Japanese inn, to recuperate from hospitalization for a stomach ulcer. There, however, he vomited a large amount of blood and temporarily lost consciousness. This experience had an immense influence on his subsequent writing style as well as his outlook on life. Detailed accounts of this period can be found in works such as *Natsume Soseki* (published by Iwanami Shinsho) by Shinsuke Togawa, Professor Emeritus of Gakushuin University, and *Natsume Soseki no Shuzenji* (*Natsume Soseki at Shuzenji*, published by Shizuoka Shimbunsha) by Takaaki Nakayama, a resident of Shuzenji who formerly taught high school.

Nakayama writes: "Upon consulting Kyoko (Soseki's wife), Raicho Sakamoto sent the following urgent telegram to the Asahi Shimbun office in Tokyo around 11:00 a.m.: 'Shuzenji Kikuya Soseki critical'... He sent more than 30 telegrams in all."

This is the only mention of a telegram in relation to Soseki. In his novels, characters sometimes send telegrams. In *Sanshiro*, for example, telegrams are often mentioned in the protagonist's conversation with Nonomiya, who hails from the same town and is his senior. Nevertheless, there is no record of Soseki sending haiku or other verses by telegram, as Kyoshi did.

Soseki was the fifth son of the Natsume family. Naonori, his second elder brother, who was only 29 when he passed away, graduated from the MOC telegraphy school and worked at telegraph bureaux in various places. One is reminded of Rohan and his service at the telegraph bureau in Yoichi. These facts cast a little light on the education and employment situation from the last years of the shogunate and into the Meiji era.

Telegrams and haiku in war and peace - the rise and fall of the telegram

The emergence of the telegram, which was sent by telecommunications and printed on paper for delivery, was greeted with amazement. This is because, as compared to the express messengers in the Edo period and the systematized postal service in the Meiji era, it arrived with incredible swiftness. As part of the arrangement, however, the cost rose with the number of characters in the message. Senders of all standings or positions consequently strove to abbreviate text as far as possible.

The archetypal short telegram known to all was *Kane okure* ("Send money").

Unfortunately, there is no documentation regarding the identity of the person who first sent it.

In July 1867, Mukoyama Ichiri (Koson), the first Japanese envoy to France, sent a telegram from Paris to Oguri Tadamasa, the shogunate's chief financial official. It read, "No money from Coullet. Should immediately arrange for transfer to the Oriental Bank. Mukoyama."

Japan first participated in a world exposition with the International Exposition held in Paris in 1867. Accepting the invitation extended by Napoleon III, the shogunate sent a delegation whose representative was the 14-year-old Tokugawa Akitake, the younger half-brother of the shogun Yoshinobu.

As a member of this delegation, Mukoyama, who was then the commissioner of foreign affairs, departed from the port of Yokohama in January (under the lunar calendar). The delegation journeyed as far as Paris via the Red Sea and Mediterranean by boat and train, and arrived two months later. To their astonishment, however, Iwashita Sajiemon, a chief retainer of the Satsuma clan, had arrived earlier

and was already preparing an exhibit for Satsuma and the Ryukyu Kingdom.

After a dispute, and partly due to the maneuverings of Count Charles de Montblanc, who was serving as a representative of Satsuma, it was decided to allow both of the delegations to have exhibitions, one for the government headed by the *taikun* (shogun), and the other for that headed by the *taishu* (governor-general) of Satsuma. The Saga clan also exhibited as the government headed by the Saga *taishu*. This caused the French newspapers to report that Japan applied a federal system and that the *taikun* was only one of the leading lords. As a result, the loan of six million Mexican dollars that had been agreed upon between A.M. Coullet, a French economic envoy who had come to Japan in the previous year, and Oguri was called off. Pressed for money, Mukoyama sent the aforementioned telegram to Oguri.

The telegram was transmitted from London through the trans-Atlantic undersea cable to the Oriental Bank in San Francisco. It was then put on a ship and reached Japan about a month later. While the speed leaves something to be desired, this was also Japan's first internationally transmitted telegram.

The Shinpuren (Divine Wind League) Rebellion was an uprising by the Keishin Party, which was opposed to the Meiji government's opening of the country up to the West, abolition of the wearing of swords, and other policies. In essence, it was a rebellion by discontented *shizoku* (local samurai) who had lost their stipends because of the Restoration. It was put down on the next day, but this did not quell the dissatisfaction among *shizoku*. The Shinpuren lit a fuse that subsequently sparked the Akitzuki Rebellion, followed by the Hagi Rebellion and the Satsuma Rebellion (Seinan War), the last of these internal conflicts.

In these rebellions, the Meiji government came to make full use of telegrams in all phases, from determination of the situation in advance to collection of information during the hostilities and further to

initiatives after they had ended.
At the time of the outbreak of the Satsuma Rebellion, General Yamagata Aritomo ordered the construction of telecommunications networks and improvement of transportation networks. This marked the start of "information armament" based on the telegram.
With their high spirits and morale as well as fighting capabilities honed by actual experience of battle, the forces led by Saigo Takamori initially overwhelmed the government forces, which consisted mainly of conscripts. At the time, the leading role in intelligence activities on both sides was played by traditional *mittei* (spies) and *sekko* (scouts dispatched by squads to reconnoiter the enemy's situation, terrain, etc.). However, the two differed in respect of the means of liaison for conveying information and instructions; while Saigo's forces depended on message-running orderlies, the government forces strung provisional cables for military use and made extensive use of telegrams. With reliance solely on orderlies, it was impossible to adapt quickly to circumstantial changes, and Saigo's army lost the information war right from the start of hostilities. In addition, it went into battle in various areas at an absolute disadvantage due to inferiority in aspects such as weaponry, outfitting, and supply.
The book *Nippon Denshin Johoshi - Gokuhi Denpo ni Miru Senso to Heiwa* (*History of Telegraphic Information in Japan - War and Peace Appearing in Top Secret Telegrams*, published by Kumamoto Shuppan Bunka Kaikan) by Toranosuke Otsuka affords a glimpse of the vital role played by the relay of top-secret information by telegram at key points in international disputes and wars, from the First Sino-Japanese War to the Second World War.
It was early in the afternoon on a clear autumn day at the end of September that I visited the Kyoshi Memorial Museum in Ashiya. I was kindly given more documentation and enlightening instruction about Kyoshi and telegrams from Tayo Yamawaki, the librarian there.

On September 14, 1908, Kyoshi received a telegram from Matsune Toyojo, a haiku poet and pupil of Soseki's who was then staying at Shuzenji, informing him that Soseki's cat had died. Kyoshi sent the following haiku in a reply telegram.

- *Wagahai no / Kaimyo mo naki / Susuki kana*
- The novel's hero / Soseki's cat now gone too / Sprig of eulalia

I Am a Cat, Soseki's debut novel, had been serialized in *Hototogisu*, a haiku magazine then managed by Kyoshi.

Kyoshi was born into the Ikenouchi family, which was part of the old Matsuyama clan. At age nine, he was adopted by the Takahama family of his mother. In his youth, Tomojiro, Kyoshi's second son, who eventually became a composer and exerted an immense influence on musical education in Japan, succeeded to the Ikenouchi house into which Kyoshi had been born. In March 1934, he headed for Vancouver, Canada on the *Hikawa Maru*. He was stopping there en route to Paris, where he was going for studies. While crossing the Pacific, he used the ship's wireless set to engage in the following exchange of telegrams with Kyoshi.

From Kyoshi to Tomojiro

- *Nippon ha / Sono nochi haru no / Yuki go sun*
- Back here in Japan / After you left, a springtime / Snow of five inches

From Tomojiro to Kyoshi

- *Hana madaki / Yuki no hitohi mo / Yokarazuya*
- Flowers already / Even one day of snowfall / Surely bad for them

From Kyoshi to Tomojiro (again)

- *Nanuka niha / Bankuba no / Haru no yama*
- Arrive the seventh / Awaiting in Vancouver / Its mountains in spring

This congenial poetic dialogue by telegraphic means hints at the sentiments of the father who had his son adopted and that of the son thinking of his real father.

In May 1941, when Tatsuko, his second daughter and editor of the

haiku journal *Tamamo*, fell ill, Kyoshi sent her a message of condolence by telegram as part of the "One Day, One Telegram" series. Among Japanese novelists, *waka* poets, and haiku poets, Kyoshi was the first and last to make such frequent use of telegrams in all areas, from everyday life to creative activities. Haiku telegrams generate space of an order that is completely different from those of telegrams for urgent notifications or military telegrams.

They represent the peaceful and cultural use of the telegram, which can also become a weapon. The telegram, too, surely never dreamt that it would carry haiku.

From the beginning of telegraphic service in Japan in 1869, the second year of the Meiji era, the number of telegrams sent rapidly increased through the succeeding Taisho era and into the Showa era. At the time of the Satsuma Rebellion, the yearly number of telegram transmissions came to about 850,000. In 1935, it reached 62.4 million, for a more than 73-fold increase over the intervening years.

The number of transmissions declined steeply around the end of the Second World War, but rapidly increased along with the progress of postwar reconstruction.

The number of ordinary telegrams handled peaked at 87.45 million in 1953. In that year, Japan had a total population of about 96 million in about 27 million households. Simple arithmetic indicates that the average household sent from three to four telegrams that year. With the start of the Showa 30s (1955 - 64), however, the number of ordinary telegram transmissions went into steep decline as the home telephone began to spread. Beginning around 1980, people rarely sent telegrams for anything other than messages of congratulations or condolences.

In 2015, ordinary telegram transmissions numbered about 400,000, a decrease of 95 percent from the peak level. The ineffable uneasiness that instantly gripped the heart when someone knocked on the door and proclaimed, "Telegram for XX!" is now but a distant memory.

If the change in means of telecommunication can be likened to a relay race, the telegram made a splendid run after receiving the baton from the feudal express couriers, but then passed it to the telephone. And now, the smartphone is sprinting at full speed. The role that the telegram played while it was in general use is now history. I am reminded of the monument inscribed with a tanka poem by Wakayama Bokusui in Kaikoen Park, by the ruins of Komoro Castle.

- *Katahara ni / Akigusa no hana / Kataruraku / Horobishimono ha / Natsukashiki kana*

- There right beside me / The flowering autumn plants / Seem to speak to me / The things that cease to exist / How dear they are to the heart

Tsunahiki ("tug of war") is also a haiku season word

Paging through the May 16, 2018 morning edition of the newspaper *Tokyo Shimbun*, I was stunned to come across the disquieting headline "War Over Hyogo Island." It turned out that the people of the city of Kawasaki and those of Tokyo's Setagaya Ward were to "fight" this war on May 20. Reading the article, I learned that there was a "territorial dispute" between Kawasaki's Takatsu Ward in Kanagawa Prefecture and Tokyo's Setagaya Ward.

With its headwaters located on the southern part of the base of Mount Kasatori, which lies on the border between the city of Chichibu in Saitama Prefecture and the city of Koshu (the former Enzan) in Yamanashi Prefecture, the Tama River is a Class 1 river that flows through the three prefectural bodies of Yamanashi, Tokyo, and Kanagawa. In the area where it empties into Tokyo Bay, it plays the role of a prefectural boundary; its southern bank belongs to Kanagawa, and its northern one, to Tokyo. However, there is an enclave of Kawasaki's

Takatsu Ward on the northern bank in part of the riverbed that is linked to the land, beginning at Hyogo Island, which lies on the northern bank just a little upstream of Futako Bridge. I received an explanation of the situation from Mr. Yagame, the head of the urban improvement section in the Tamagawa Branch of Setagaya Ward Office.

"While we are still examining the official records, studies by Keisuke Imao, a map researcher, found that the Tama River was established as the border between Tokyo Prefecture and Kanagawa Prefecture in 1912. Subsequently, the course of the river changed due to frequent flooding, the construction of embankments and dikes on both banks, and other developments. This resulted in the formation of the enclave we have at present," said Mr. Yagame. In other words, according to him, the current situation was caused by the change in the form of the river after the prefectural boundary lines were drawn along the river on the map.

The governments of Setagaya and Kawasaki concluded an agreement in 2014 for cooperation in district revitalization and other undertakings. The *Tokyo Shimbun* article stated that urban improvement groups and other parties were acting as new principals in efforts to further heighten interchange among the residents of the two communities and the vitality of the district.

Focusing on the enclave, they decided to hold an event that centered around a tug of war over the "disputed territory."

This decisive tug of war by people on both banks with the "territory" at stake took place on Hyogo Island, on the riverbed near Futako-Tamagawa Station, on Sunday, May 20. Footage of the contest aired on TOKYOMX News is available for viewing on YouTube. Before the contest started, Nobuto Hosaka, the mayor of Setagaya Ward, was clearly enjoying the occasion and provoked laughter with his exhortation, "It makes no sense that this is Kawasaki! No sense at all! Take this land back!" The battle was won, but just barely, by Kawasaki.

The headline in the newspaper read, "Setagaya Defeated by Kawasaki - The First of the Tug of War Contests Over 'Territory.'"
The pole marking the boundary between Setagaya and Kawasaki was moved one meter into the Setagaya side.
There have been other tugs of war over prefectural boundaries. Particularly well-known is the "land-grabbing" tug of war held every October at Hyogoshi Pass, which lies at an elevation of 1,165 meters on the border between Shizuoka and Nagano prefectures. The two teams have 10 brawny members each from the respective chambers of commerce and industry youth groups of the town of Misakubo in the city of Hamamatsu and the village of Minami-Shinano in the city of Iida. As of 2019, the Enshu (Shizuoka) squad had a record of 17 wins and 15 losses, and the sign marking the prefectural boundary had been moved two meters into the Shinshu (Nagano) side (according to the website of the Enshu tourism association). Another such tug of war over land along the prefectural border is held in the spa resort of Sugo in Yuda Onsen Ravine, which straddles the town of Nishi-Waga in Iwate Prefecture and the city of Yokote in Akita Prefecture. The Kurikara Yumekaido Kaga-Etchu Grand Genpei Tug of War pits the town of Oyabe, Toyama Prefecture against that of Tsubata, Ishikawa Prefecture. It takes its name from the battle at Kurikara Pass between the Minamoto (Gen) and Taira (Pei) armies in the 12th century. There is a tug of war on a bridge over the Chikugo River, which flows between the city of Omuta, Fukuoka Prefecture and the county of Miyaki in Saga Prefecture. Called the "Prefectural Border Festival," the Tenkenji Bridge Tug of War is held in May every year. In addition to the above, there are many other tug of war contests, large and small, that are the main attractions in events and local festivals organized to bring people together and make communities more vibrant.
The Otemachi, Marunouchi, Yurakucho Naka-dori Tug of War Tournament is unique in that it is held right in the middle of one of

Tokyo's biggest business districts. In 2018, it was staged for a period of five days beginning on May 21 (Mon.).

In May, the branches of the zelkova, katsura, and liquidambar trees lining the streets in the Marunouchi and Otemachi districts sprout lush growths of new leaves. The employees that were newly hired in the previous month look more relaxed and self-assured, and the air feels refreshing, whether in sunshine or in shade.

In these business districts, tugs of war were held at three sites during the lunchtime break from Monday to Friday. Naka-dori and Otemachi avenues were closed to traffic, and the contests were held one after the other for a period of 45 minutes. Each followed the rules laid down by the Japan Tug of War Federation. The tournament saw all-out efforts by 48 teams taking part in the regular competition and eight teams in the enjoyment category, for a total of 56.

On the days in question, people poured into the streets from the surrounding office buildings when the time came. The participating teams came from various organizations, including corporate enterprises, law offices, auditing companies, and the Japanese subsidiaries of foreign corporations in the area of Naka-dori and Otemachi avenues. The eight members pulling the rope on each team were also diverse; besides young office workers, they included middle-aged men and women who were probably in managerial positions, and even some foreign nationals. Things such as age and total weight apparently didn't matter. The members were also dressed in different ways. Some wore the company uniform. Others came in white shirts with the sleeves rolled up. Yet others wore T shirts. They made for a very colorful sight. Both sides of the lane (competition space) were packed with people: teams huddling to fire their spirits, office colleagues who had come to cheer their team on, and passers-by who decided to watch the competition. The tugs of war were smoothly held, one after another, thanks to deft handling of the proceedings by the animated master of

ceremonies and the official judges. In the preliminaries, the time limit per match was one minute, but many of the matches were decided shortly after they began. Few went to the time limit.

Each evoked plenty of shouting, applause, and laughter. For a while, Nakadori Avenue, where one ordinarily hears only sterile, dry sounds, was filled with a cheerful commotion.

Watching the matches on Naka-dori Avenue, I noticed something: the teams whose members had great physiques and looked the strongest did not always win. There are some commendable people around in every period, and in the early part of the 20th century, Max Ringelmann, a French agronomic engineer, quantified performance per member in cases of action by a group in a tug of war or other task. He had eight people with about the same strength pull a rope together, and measured the pulling force. He found that the pulling force was 63 kilograms with one person but 118 kilograms with two, 160 kilograms with three, and 248 kilograms with eight. If all eight had pulled with all of their might, the combined pulling force should have been about 504 kilograms, but it was not. In terms of average performance per member, the eight were pulling at only about 49 percent of their strength.

This experiment was subsequently the subject of precision testing and theoretical examination in the context of research by psychologists such as A. Ingram and B. Latané concerning group productivity. Eventually, the phenomenon of a decline in work efficiency along with an increase in the number of participants in group work came to be termed the "Ringelmann effect" or "social loafing." According to researchers, social loafing occurs when all members are asked to pool their efforts in a task with a low degree of difficulty, and the focus is on the overall result, without regard to the degree of individual contribution. It appears not only in tugs of war or other team competitions, but also in ordinary society. Companies that are constantly required to

maximize their performance are instating schemes for assessment of performance on the individual level, without exception. By making individual performance visible, they hope to minimize the loafing phenomenon.

Tugs of war are being held around the year and throughout Japan. In fact, the term *tsunahiki* ("tug of war") is also a haiku season word in its own right, and moreover, for the new year.

Note: For my comments on the Ringelmann effect, I referenced an academic paper titled "The Ringelmann Phenomenon and Social Loafing," by Dr. Teruyoshi Kokubo, Professor of the International University of Kagoshima.

Translator's note: The English titles of literary works other than novels, Basho's *The Narrow Road to the Deep North*, and Shoyo's *The Essence of the Novel* are all tentative translations.

英訳は巻末より始まります。

古川洽次
（ふるかわ・こうじ）
1938年（４月26日）東京杉並生まれ、鹿児島育ち。1962年九州大学法学部卒業、三菱商事㈱入社。2004年同社代表取締役副社長を退任と同時に、三菱自動車工業㈱取締役副会長就任。以後、郵政民営化に伴い、㈱ゆうちょ銀行、郵便局㈱、日本郵便㈱の代表取締役会長を歴任。2013年三菱商事㈱顧問就任。鹿島建設㈱社外取締役、㈶静嘉堂評議員等兼務。日本エッセイストクラブ会員。著書に対談集『味の周辺』（和田龍幸と共著・2008年かまくら春秋社）

俳句と電報と

著　者　古川洽次
発行者　伊藤玄二郎
発行所　かまくら春秋社
鎌倉市小町二―一四―七
電話〇四六七（二五）二八六四
印刷所　ケイアール

令和三年二月二十二日　第一刷
令和三年五月十九日　第二刷

ISBN4-7740-0826-4 C0095　　協力　三菱商事

梁宗懍撰「實顔堂訂正荊楚歳時記」静嘉堂蔵書
宗　懍著・守屋美都雄訳注・布目潮渢他補注『荊楚歳時記』東洋文庫３２４・平凡社（昭和53年2月）
小野重朗『十五夜綱引の研究』慶友社（１９９７年7月）
宮坂静生『季語の誕生』岩波新書（２００９年10月）
榎本好宏『江戸期の俳人たち』飯塚書店（２００８年1月）
菊池　寛『賤《しず》ケ岳《がたけ》合戦』青空文庫（インターネット図書館）（２０１６年1月）底本は「日本合戦譚」文春文庫（１９８７年2月）
徳永真一郎『賤ケ岳の七本槍』ＰＨＰ文庫（１９９２年6月）
宇城由文『池西言水《ごんすい》の研究』研究叢書２８８・和泉書院（２００３年2月）
坂野信彦『七五調の謎をとく　日本語リズム原論』大修館書店（第5版２００４年9月）
夏井いつき『絶滅寸前　季語辞典』ちくま文庫（２０１８年9月10日第6刷）